COISAS DA VIDA
Crônicas

Livros da autora publicados pela **L&PM** EDITORES:

Topless (1997) – Crônicas
Poesia reunida (1998) – Poesia
Trem-bala (1999) – Crônicas
Non-stop (2000) – Crônicas
Cartas extraviadas e outros poemas (2000) – Poesia
Montanha-russa (2003) – Crônicas
Coisas da vida (2005) – Crônicas
Doidas e santas (2008) – Crônicas
Feliz por nada (2011) – Crônicas
Noite em claro (2012) – Novela
Um lugar na janela (2012) – Crônicas de viagem
A graça da coisa (2013) – Crônicas
Martha Medeiros: 3 em 1 (2013) – Crônicas
Felicidade crônica (2014) – Crônicas
Liberdade crônica (2014) – Crônicas
Paixão crônica (2014) – Crônicas
Simples assim (2015) – Crônicas
Um lugar na janela 2 (2016) – Crônicas de viagem

MARTHA MEDEIROS

COISAS DA VIDA
Crônicas

L&PM EDITORES

Texto de acordo com a nova ortografia.

As crônicas deste livro foram publicadas originalmente nos jornais *Zero Hora* e *O Globo* entre setembro de 2003 e setembro de 2005.

Este livro está também disponível na Coleção **L&PM** POCKET
Primeira edição: 2005
Esta edição: janeiro de 2016
Esta reimpressão: fevereiro de 2018

Capa: Ivan Pinheiro Machado
Montagem da capa: Carla Born
Revisão: L&PM Editores

CIP-Brasil. Catalogação na publicação
Sindicato Nacional dos Editores de Livros, RJ

M44c

Medeiros, Martha, 1961-
    Coisas da vida: crônicas / Martha Medeiros. – Porto Alegre, RS: L&PM, 2018.
    240 p. ; 21 cm.

    ISBN 978-85-254-3378-7

    1. Crônica brasileira. I. Título.

16-30007   CDD: 869.93
                                      CDU: 821.134.3(81)-3

© Martha Medeiros, 2005

Todos os direitos desta edição reservados a L&PM Editores
Rua Comendador Coruja 314, loja 9 – Floresta – 90.220-180
Porto Alegre – RS – Brasil / Fone: 51.3225.5777 – Fax: 51.3221-5380

Pedidos & Depto. Comercial: vendas@lpm.com.br
Fale conosco: info@lpm.com.br
www.lpm.com.br

Impresso no Brasil
Verão de 2018

SUMÁRIO

Todo o resto 9
A interferência do tempo 11
Melhorar para pior 13
Apaixonados 15
Prós e contras da ponderação 17
Perder a viagem 19
Os lúcidos 21
Fugir de casa 23
A morte por trás de tudo 25
A vida que pediu a Deus 27
Lembranças mal lembradas 29
Percepção de solidão 32
Kafka e os estudos 34
O permanente e o provisório 37
Ferramentas de busca 39
Até que chega a nossa vez 41
Naturaleza Sangre 43
Traição e semântica 45
A idade de casar 47
Chorar faz bem 49
De onde mesmo? 52
Ele está a fim ou não? 54

Dar-se alta	57
Igualdade sexual	60
Microfone aberto	62
A fórceps	64
Arte e domesticação	66
Machos	69
Propaganda política	71
Money, money	73
A pancada no dia seguinte	75
As garotas do calendário	77
Interrompendo as buscas	80
A nossa biografia	83
As ambulâncias	85
Falhar na cama	87
Esconderijo conjugal	89
Divagações sobre a morte	91
O motoboy e os fogos de artifício	93
Quantos antes de mim?	95
A minha felicidade não é a sua	97
O amor de volta	99
O Brasil noite	101
Diálogo comigo mesma	103
Amar dois	106
Outro por dentro	108
Chata pra comer	110
Luz, câmera e outro tipo de ação	112
Esperança zero	114
Abismo e encontro	116
Elogios	118
Cardápio da alma	120

Amores via internet	122
Intimidade	124
Filosofia cotidiana	126
O sentido da vida	128
Rotina	130
O salva-vidas	132
A supervalorização do marketing	134
Rasgando as fotos	136
Não gostar de quem se gosta	138
Por que eu fui abrir a boca?	140
O primeiro quarto	143
Bosco, o filho	146
Maternidade ou não	148
Budas ditosos	151
O melhor da amizade	154
A última moda	156
Orgasmatron	158
Quem é idoso?	160
A morte na vida de cada um	162
Os excluídos	164
Estrangeirismos	166
A importância de perder peso	168
Lápis, caderno e borracha	170
O reinado do celular	172
Do seu jeito	174
Ai de mim	176
Abreviados	179
Não sei não é resposta	181
Fora de foco	183
"Carro pra macho"	185

Um dia como os outros 187
Pessoas habitadas 189
A massacrante felicidade dos outros 191
Vende-se consciência 193
Arrogância 195
A melhor terapia 197
Não pode tocar 199
A dignidade do grisalho 201
Filosofia de para-choque 203
Mulheres e meninos 205
Explosões 207
Entrevista 209
O lado megera das mães 211
Festa na roça 213
Bonitas mesmo 215
Só é mal-educado quem quer 217
O direito de calar 219
Atalhos 221
Eu morro e não vejo tudo 223
Amor à vida 225
Independência ou morte 227
O abajur e o micro-ondas 229
O papel higiênico da empregada 231
Maturidade 233
Carta ao João Pedro 236

TODO O RESTO

"Existe o certo, o errado e todo o resto." Esta é uma frase dita pelo ator Daniel Oliveira representando Cazuza, em conversa com o pai, numa cena que, a meu ver, resume o espírito do filme que esteve em cartaz até pouco tempo. Aliás, resume a vida.

Certo e errado são convenções que se confirmam com meia dúzia de atitudes. Certo é ser gentil, respeitar os mais velhos, seguir uma dieta balanceada, dormir oito horas por dia, lembrar dos aniversários, trabalhar, estudar, casar e ter filhos, certo é morrer bem velho e com o dever cumprido. Errado é dar calote, repetir o ano, beber demais, fumar, se drogar, não programar um futuro decente, dar saltos sem rede. Todo mundo de acordo?

Todo mundo teoricamente de acordo, porém a vida não é feita de teorias. E o resto? E tudo aquilo que a gente mal consegue verbalizar, de tão intenso? Desejos, impulsos, fantasias, emoções. Ora, meia dúzia de normas preestabelecidas não dão conta do recado. Impossível enquadrar o que lateja, o que arde, o que grita dentro de nós.

Somos maduros e ao mesmo tempo infantis, por trás do nosso autocontrole há um desespero infernal. Possuímos uma criatividade insuspeita: inventamos músicas, amores e problemas, e somos curiosos, queremos espiar pelo buraco da fechadura do mundo para descobrir o que não nos contaram. Todo o resto.

O amor é certo, o ódio é errado, e o resto é uma montanha de outros sentimentos, uma solidão gigantesca, muita confusão, desassossego, saudades cortantes, necessidade de afeto e urgências sexuais que não se adaptam às regras do bom comportamento. Há bilhetes guardados no fundo das gavetas que contariam outra versão da nossa história, caso viessem a público.

Todo o resto é o que nos assombra: as escolhas não feitas, os beijos não dados, as decisões não tomadas, os mandamentos que não obedecemos, ou que obedecemos bem demais – a troco de que fomos tão bonzinhos?

Há o certo, o errado e aquilo que nos dá medo, que nos atrai, que nos sufoca, que nos entorpece. O certo é ser magro, bonito, rico e educado, o errado é ser gordo, feio, pobre e analfabeto, e o resto nada tem a ver com esses reducionismos: é nossa fome por ideias novas, é nosso rosto que se transforma com o tempo, são nossas cicatrizes de estimação, nossos erros e desilusões.

Todo o resto é muito mais vasto. É nossa porra-louquice, nossa ausência de certezas, nossos silêncios inquisidores, a pureza e a inocência que se mantêm vivas dentro de nós mas que ninguém percebe, só porque crescemos. A maturidade é um álibi frágil. Seguimos com uma alma de criança que finge saber direitinho tudo o que deve ser feito, mas que no fundo entende muito pouco sobre as engrenagens do mundo. Todo o resto é tudo que ninguém aplaude e ninguém vaia, porque ninguém vê.

A INTERFERÊNCIA DO TEMPO

Há quem diga que o tempo não existe, que somos nós que o inventamos e tentamos controlá-lo com nossos relógios e calendários. Nem ousarei discutir essa questão filosófica, existencial e cabeluda. Se o tempo não existe, eu existo. Se o tempo não passa, eu passo. E não é só o espelho que me dá a certeza disso.

O tempo interfere no meu olhar. Lembro do colégio em que estudei durante mais de uma década, meu primeiro contato com o mundo fora da minha casa. O pátio não era grande – era colossal. Uma espécie de superfície lunar sem horizontes à vista, assim eu o percebia aos sete anos de idade. As escadas levavam ao céu, eu poderia jurar que elas atravessavam os telhados. Os corredores eram passarelas infinitas, as janelas pareciam enormes portões de vidro, eu me sentia na terra dos gigantes. Volto, depois de muitos anos, para visitá-lo e descubro que ele continua sendo um colégio grande, mas nem o pátio, nem os corredores, nem as escadas, nada tem o tamanho que parecia ter antes. O tempo ajustou minhas retinas e deu proporção às minhas ilusões.

A interferência do tempo atinge minhas emoções também. Houve uma época em que eu temia certo tipo de gente, aqueles que estavam sempre a postos para apontar minhas fraquezas. Hoje revejo essas pessoas, e a sensação que me causam não é nem um pouco desafiadora. E mesmo os que amei já não me provocam perturbação alguma, apenas um carinho sereno. Me pergunto como é que se explica que sentimentos tão fortes como o medo, o amor ou a raiva se desintegrem. Alguém era grande no meu passado, fica pequeno no meu presente. O tempo, de novo, dando a devida proporção aos meus afetos e desafetos. Talvez seja esta a prova da sua existência: o tempo altera o tamanho das coisas. Uma rua da infância, que exigia muitas pedaladas para ser percorrida, hoje é atravessada em poucos passos. Uma árvore, que para ser explorada exigia uma certa logística – ou ao menos um "calço" de quem estivesse por perto e com as mãos livres –, hoje teria seus galhos alcançados num pulo. A gente vai crescendo e vê tudo do tamanho que é, sem a condescendência da fantasia.

E ainda nem mencionei as coisas que realmente foram reduzidas: apartamentos que parecem caixotes, carros compactos, conversas telegráficas, livros de bolso, pequenas salas de cinema, casamentos curtos. Todo aquele espaço da infância, em que cabia com folga nossa imaginação e inocência, precisa hoje se adaptar ao micro, ao mínimo, a uma vida funcional. Eu cresci. Por dentro e por fora (e, reconheço, pros lados). Sou gente grande, como se diz por aí. E o mundo à minha volta, à nossa volta, virou aldeia, somos todos vizinhos, todos vivendo apertados, financeira e emocionalmente falando. Saudade de uma alegria descomunal, de uma esperança gigantesca, de uma confiança do tamanho do futuro – quando o futuro também era infinito à nossa frente.

MELHORAR PARA PIOR

Li esta expressão, "melhorar para pior", na biografia *Viver para contar*, do escritor Gabriel García Márquez, num trecho em que, se bem me lembro – e não me lembro bem –, ele falava que havia deixado sua casa para morar num prédio e trocado as sandálias por sapatos. Se não foi assim, o exemplo igualmente serve.

De imediato, lembro de Bombinhas, uma praia de Santa Catarina. A primeira vez em que lá passei um verão, havia apenas casas de pescadores à beira-mar, um mercadinho precário e um único quiosque de madeira onde se serviam camarões e caipirinhas a um preço ridículo. Posto de saúde, só na vila de Porto Belo. Naquela época, janeiro de 1980, se contássemos todos os guarda-sóis fincados na areia, não somariam 25. Hoje Bombinhas tem cybercafé, edifícios, minishoppings, asfalto e vários restaurantes de rodízio de frutos do mar – com estacionamento. Se contássemos os guarda-sóis fincados na praia, somariam uns 1.843. Ô, se melhorou.

Outro dia vi uma ex-colega do colégio que tinha paixão por vôlei, jogava muito bem, era bonita, saudável, sempre de tênis, roupas esportivas, diurna, alegre. Hoje trabalha de recepcionista num restaurante, vive trancafiada num blazer risca de giz, de salto alto, dormindo todo dia às 3 da manhã. Tem um bom emprego, não se queixa. Melhorou, sem dúvida. Bares também melhoram. Nascem botecos pequenos, com cadeiras de palhinha, mesas de madeira, clientela fiel e um garçom que todos chamam pelo nome – Genésio, tira aí um bem gelado! Aí o dono ganha dinheiro, resolve investir, troca a iluminação, o piso, amplia o espaço, incrementa o cardápio, compra umas cadeiras de acrílico, pendura uns alto-falantes na parede, nossa, é outro bar.

Casamento nada mais é do que a evolução do namoro, aquela época de dureza em que o casal passava o final de semana acampando e, de tão apaixonados, sentiam-se hóspedes de um hotel cinco estrelas. Aquela época em que o dia era curto demais para tanta conversa, e a noite, curta demais para todo o resto. Aquela época de palpitações e impaciências. Depois melhora, ou não?

Impossível deter o desenvolvimento de lugares e pessoas. Puro exercício de nostalgia, esta crônica. Mas é que fiquei com esta história de "melhorar para pior" na cabeça, tentando detectar o que significa isso; e se bem entendi, melhorar para pior é quando se perde a alma. Se conseguirmos evoluir e ao mesmo tempo manter a alma intacta, aí é o nirvana: melhorar para melhor.

APAIXONADOS

No filme *Crimes e pecados*, de Woody Allen, um certo professor Levy, personagem da história, diz que nos apaixonamos para corrigir o nosso passado. Frase rápida, aparentemente simples, e no entanto com um significado tão perturbador.

A questão não é por que nos apaixonamos por Roberto e não por Vitor, ou por que nos apaixonamos por Elvira e não por Débora. A questão é: por que nos apaixonamos? Estamos sempre tentando justificar a escolha de um parceiro em detrimento de outro, e não raro dizemos: "Não entendo como fui me apaixonar logo por ele". Mas não é isso que importa. Poderia ser qualquer um. A verdade é que a gente decide se apaixonar. Está predisposto a envolver-se – o candidato a esse amor tem que cumprir certos requisitos, lógico, mas ele não é a razão primeira de termos sucumbido. A razão primeira somos nós mesmos.

Cada vez que nos apaixonamos, estamos tendo uma nova chance de acertar. Estamos tendo a oportunidade de zerar nosso hodômetro. De sermos estreantes. Uma pessoa acaba de entrar na sua vida, você é 0km para ela. Tanto as informações que você passar quanto as atitudes que tomar serão novidade suprema – é a chance de você ser quem não conseguiu ser até agora.

Um novo amor é a plateia ideal para nos reafirmarmos. Nada será cobrado nos primeiros momentos, você larga com vantagem, há expectativa em relação a suas ideias e emoções, e boa vontade para aplaudi-las. Você é dono do roteiro, você conduz a trama, apresenta seu personagem. Estar apaixonado por outro é, basicamente, estar apaixonado por si mesmo, em novíssima versão.

É arriscado escrever sobre um tema que é constantemente debatido por profissionais credenciados para tal, mas não consigo evitá-lo. Mesmo amadora, sempre fui fascinada pelas sutilezas das relações amorosas. Cada vez que alguém diz que está precisando se apaixonar, está é precisando corrigir o passado, como diz o personagem do filme. Quantas mulheres e homens manifestam, entre suspiros, esse desejo, mesmo estando casados? Um sem-número deles, quase todos nós, atordoados com a própria inquietude. E no entanto é simples de entender. Mesmo as pessoas felizes precisam reavaliar escolhas, confirmar sentimentos, renovar os votos. Apaixonar-se de novo pelo mesmo marido ou pela mesma mulher nem sempre dá conta disso. Eles já conhecem todos os nossos truques, sabem contra o que a gente briga, e no momento o que precisamos é de alguém virgem de nós, que permita a recriação de nós mesmos. Precisamos nos apaixonar para justamente corrigir o que fizemos de errado enquanto compartilhávamos a vida com nossos parceiros. Sem que isso signifique abrir mão deles.

Isso explica o fato de as pessoas sentirem necessidade de relações paralelas mesmo estando felizes com a oficial. Explica, mas não alivia. Como é complicado viver.

PRÓS E CONTRAS DA PONDERAÇÃO

Quando eu era menina, uma das músicas que mais tocava no rádio dizia: "Não confie em ninguém com mais de 30 anos". Foi gravada pelos irmãos Marcos e Paulo Sérgio Vale, que compuseram outros tantos sucessos.

Eu adorava essa música, porém ela me deixava apreensiva, já que eu não achava muita graça em ser criança, o mundo adulto é que me atraía, não via a hora de crescer. Era uma má notícia descobrir que, ao atravessar a fronteira rumo à maturidade, eu deixaria de ser confiável.

Lembrei dessa música dia desses, quando conversava com uma amiga sobre as relações humanas e nossas escolhas. Fizemos um breve restrospecto da nossa vida até o presente momento e chegamos à conclusão de que estamos bem. Nosso currículo é composto por diversas tarefas bem feitas. Formamos nossas famílias, temos afetos que nos são sagrados, não chegamos até aqui em vão. Passamos dos 30 – na verdade, passamos dos 40 – e o balanço é positivo, as pessoas podem tranquilamente comprar nossos carros usados. Somos confiáveis. Confiáveis até demais.

Não somos dois ou três, somos muitos. Homens e mulheres que estão na meia-idade e que, ao refletir sobre sua trajetória, descobrem que agiram certo na maioria das vezes. Transformaram-se em cidadãos responsáveis, sensatos, zelosos de suas conquistas. Li uma frase num livro da Yasmina Reza que traduz exatamente o que nos acontece. "Quando deixamos de ser jovens, trocamos paixão por ponderação." Mas ela não abençoa essa troca: "É um crime".

Eu pondero, tu ponderas, nós ponderamos. Procuramos evitar aquilo que tumultuaria nosso morno e satisfatório bem-estar. Mantemos tudo como reza a cartilha. Mas se está tudo no seu devido lugar, por que tomamos tanto remédio para dormir, por que choramos no escuro do cinema, por que insistimos em ler manuais de autoajuda, por que às vezes nos falta ar embaixo do chuveiro?

Talvez porque a gente sinta um misto de culpa e inocência. Estamos agindo certo sem saber onde o certo nos levará, se para o céu ou para uma úlcera. Existem dias – e só confessamos isso para o terapeuta ou para o melhor amigo – em que gostaríamos de sumir no mundo, deixar para trás todos os afetos que nos são sagrados, todo o nosso currículo de tarefas bem-feitas, e ficar à disposição do imponderável, dos impulsos, do incerto. Como ficávamos quando tínhamos bem menos idade que agora.

Creio que foi isso que Marcos e Paulo Sérgio Vale quiseram transmitir com sua música. Confiar em quem segue obstinadamente todas as regras pode ser seguro e pode não ser. Há alguma maluquice em quem jamais foge do asfalto, jamais improvisa outro caminho. Há algo de estranho em quem aceita ficar refém de tudo o que construiu. Há um não-sei- -que ameaçador em quem é tão controlado, tão obediente, tão ponderado. Talvez não devêssemos mesmo confiar cegamente em quem abriu mão da paixão em troca da ponderação, pois uma pessoa capaz de uma atrocidade dessas consigo própria pode ser capaz de coisa muito pior.

PERDER A VIAGEM

Você pede ao patrão para sair mais cedo do trabalho, aí pega um ônibus lotado, vai para um consultório médico que fica no outro lado da cidade, gasta seus trocados, seu tempo e seu humor e, ao chegar, esbaforido e atrasado, descobre que sua hora, na verdade, está marcada para a semana que vem. Sinto muito, você perdeu a viagem.

Todo mundo já passou por uma situação assim, de estar no lugar errado e na hora errada por pura distração. Acontecendo só de vez em quando, tudo bem, vai pra conta dos vacilos comuns a qualquer mortal. O problema é quando você se sente perdendo a viagem todos os dias. Todinhos. É o caso daqueles que ainda não entenderam o que estão fazendo aqui.

Estão perdendo a viagem aqueles que não se comprometem com nada: nem com um ofício, nem com um relacionamento, nem com as próprias opiniões. Estão sempre flanando, flutuando, pousando em sentimento nenhum, brigando por ideia nenhuma, jamais se responsabilizando pelo que fazem, pois nada fazem. Respirar já é para eles tarefa árdua e suficiente. E os dias passam, e eles passam, e nada fica registrado, nada que valha a pena lembrar.

Estão perdendo a viagem aqueles que, em vez de tratarem de viver, ficam patrulhando a existência alheia, decretando o que é certo e errado para os outros, não tolerando formas de vida que não sejam padronizadas, gastando suas bocas com fofocas e seus olhos, com voyeurismo, sem dedicar o mesmo empenho e tempo para si mesmos.

Estão perdendo a viagem aqueles preguiçosos que levam semanas até dar um telefonema, que levam meses até concluir a leitura de um livro, que levam anos até decidir procurar um amigo. Pessoas que acham tudo cansativo, que acreditam que tudo pode esperar, que todos lhe perdoarão a ausência e o descaso.

Estão perdendo a viagem aqueles que não sabem de onde vieram nem tentam descobrir. Que não sabem para onde ir e nem tentam encontrar um caminho. Aqueles para quem a televisão pode tranquilamente substituir as emoções.

Estão perdendo a viagem todos aqueles que se entregam de mão beijada às garras afiadas do tédio.

OS LÚCIDOS

Quando alguém diz que você é muito lúcido, seu ego fica massageado, não fica? Lucidez, num mundo insano como este, é ouro em pó. Outro dia me disseram que eu era muito lúcida e foi como se tivessem dito que eu era uma joia rara. Enfiei o elogio no bolso e voltei pra casa me sentindo a tal. Depois do jantar, abri um livro de poemas do meu amigo Celso Gutfreind, que além de poeta é psiquiatra, mas não atentei para o perigo da combinação. No meio da leitura, encontrei lá um verso que dizia: "Nada neste mundo é mais falso do que um lúcido". Meu castelo de cartas ruiu.
Lúcidos, nós?? Certo está o Celso: não há a mínima chance. Podemos, quando muito, disfarçar, tentar, arriscar uma lucidez rapidinha para ajudar um filho a decidir um caminho, ou para escolher o nosso, mas com que garantias? Somos todos franco-atiradores diante dos medos, dos riscos, dos erros.
Acordo de manhã desejando fazer a mala, colocá-la no meu carro e pegar uma estrada que me leve para longe de mim, mas ao meio-dia estou sentadinha na sala de jantar comendo arroz, feijão, bife e batatas fritas com um sorriso no rosto e cronometrando as horas para não me atrasar para a mamografia: uma mulher lúcida, extremamente.

Tem noites em que o sono não vem, me reviro na cama deixando que me invadam os piores prognósticos: não sobreviverei ao dia de amanhã, não terei como pagar as contas, quem me cuidará quando eu for velha, o que faço com aquela camiseta tenebrosa que comprei, não posso esquecer de telefonar, de dizer, de avisar, e o escuro do quarto pesa sobre minha insensatez, até que o dia amanheça e me traga de volta a lucidez.

Enquanto trabalho com ar de moça séria e ajuizada, minha cabeça parece uma metralhadora giratória, os pensamentos sendo disparados a esmo: digo ou não digo; fico ou não fico; tento ou não tento – quem de mim é a sã e quem é a louca, por que ontem eu não estava a fim e hoje estou tão apaixonada, como estarei raciocinando daqui a duas horas, em linha reta ou por vias tortas? Alguém bate na porta interrompendo meus devaneios, é o zelador entregando a correspondência, eu agradeço e sorrio, gentil, demonstrando minha perfeita sanidade.

Que controle tenho eu sobre o que ainda não me aconteceu? E sobre o já acontecido, que segurança posso ter de que minha memória seja justa, de que minhas lembranças não tenham sido corrompidas? Quero e não quero a mesma coisa tantas vezes ao dia, alterno o sim e o não intimamente, tenho dúvidas impublicáveis, e ainda assim me visto com sobriedade, respondo meus e-mails e não cometo infrações de trânsito, sou confiável, sou uma doida.

E essa constatação da demência que os dias nos impingem não seria lucidez das mais requintadas? É de pirar.

FUGIR DE CASA

Qual é a criança que nunca sonhou em fugir de casa? Todo mundo tem uma experiência pra contar. A minha aconteceu quando eu tinha uns sete anos de idade. Depois de ter minhas reivindicações não aceitas – provavelmente eu queria um quarto só para mim e não precisar mais escovar os dentes – preparei uma mochila e disse "vou-me embora". Tchau, me responderam. O quê??? Então é assim? Abri a porta do apartamento, desci um lance de escada e ganhei a rua. Fingi que não vi minha mãe me espiando lá da sacada. Fui caminhando em direção à esquina, torcendo para que viessem me resgatar, mas nada. Olhei para trás. Minha mãe deu um abaninho. Grrrr, ela vai ver só. Apressei o passo. Dobrei a esquina, sumi de vista e, claro, entrei em pânico. Pra onde ir? Antes de resolver entre pedir asilo numa embaixada ou tentar a vida numa casa de tolerância, minha mãe já estava me pegando pelo braço e dizendo que a brincadeira havia acabado. Fiquei aliviada, por um lado, mas a ideia de fugir ainda me ocorreria muitas vezes.

O desafio agora seria elaborar um plano de fuga mais realizável, pois estava provado que, sim, eu queria escapar, mas ao mesmo tempo queria ficar. O mundo lá fora era libertador, mas também apavorante. Eu estava numa encruzilhada: queria ser quem eu era, e ser quem eu não era. Qual a saída? Ora, escrever.

Um plano perfeito. De banho tomado, camisola quentinha e com os dentes escovados, eu pegava papel e caneta antes de dormir e inventava uma garota totalmente diferente de mim, e que não deixava de ser eu. Fugia todas as noites sem que ninguém corresse atrás de mim para me trazer de volta. Ia para onde bem queria sem sair do lugar.

Viva as válvulas de escape, que lamentavelmente não gozam de boa reputação. Não sei quem inventou que é preciso ser a gente mesmo o tempo todo, que não se pode diversificar. Se fosse assim, não existiria o teatro, o cinema, a música, a escultura, a pintura, a poesia, tudo o que possibilita novas formas de expressão além do script que a sociedade nos intima a seguir: nascer-estudar-casar-ter filhos-trabalhar-e-morrer. Esse enredo até que tem partes boas, mas o final é dramático demais.

Overdose de realidade é a ruína do ser humano. Há que se ter uma janela, uma porta, uma escada para o imaginário, para o idílico – ou para o tormento, que seja. Ninguém é uma coisa só, ninguém é tão único, tão encerrado em si próprio, tão refém do que lhe foi ensinado. Desde cedo fica evidente que nosso potencial é múltiplo, que há um deus e um diabo morando no mesmo corpo. Como segurar a onda? Fugindo de casa, mas fugindo com sabedoria, sem droga, sem violência – fugindo para se reencontrar através da arte, através do espetáculo da criação, mesmo que sejamos nossa única plateia. Cada um de nós tem obrigação de buscar uma maneira menos burocrática de existir.

A MORTE POR TRÁS DE TUDO

Outro dia estava com uma amiga num bar, conversando num final de tarde, quando a noite caiu e as mesas passaram a ser ocupadas por mulheres deformadas pelo excesso de botox. Falavam alto e ostentavam bronzeados e decotes que seriam perfeitos num clube de strippers. O conceito de beleza delas, decididamente, não incluía elegância nem naturalidade. Minha amiga comentou: esse mulherio é bem informado, lê revistas, livros sobre moda, por que será que pisam na bola desse jeito? No que eu respondi: só pode ser medo da morte, ué. E rimos como duas crianças, apesar de o assunto estar longe de ser piada.

Peruíce não é falta de gosto, e sim pânico gerado pela proximidade do fim. Muita gente tenta deter o tempo manipulando o próprio rosto e se caricaturando sem autopiedade – e sem autocrítica. Porém, o tempo continua passando da mesma forma, só que ele é mais implacável com quem joga fora suas expressões, que é o que temos de mais jovial. Uma senhora idosa pode muito bem ter um ar de garota. É insano abrir mão disso para ficar com rosto de boneco de cera.

Continuamos a conversar, minha amiga e eu, e chegamos à conclusão de que o mundo nunca esteve tão apavorado como agora. A escritora Fernanda Young, ao escrever sobre o filme *Closer*, detectou o medo da morte por trás das atitudes instáveis dos personagens. Perfeito, é isso mesmo. É preciso ser muito macho (e aí incluo a macheza das mulheres) para manter um relacionamento longo, estável, à base de concessão e perseverança. Quem não tem fôlego para tanto, opta pelo troca-troca, que é mais fácil e dá a sensação de estar "aproveitando a vida" antes que a morte venha e crau.

A gente casa por medo da morte – solidão, para muitos, é morte – e se separa por medo da morte – rotina, para muitos, também é. A gente viaja para fugir da morte, a gente dança para espantar a morte, a gente gargalha para enfrentar a morte, a gente reza para se aliar à morte, a gente pensa nela o tempo todo. É nossa única e inabalável certeza.

Sendo assim, dedicamos todos os nossos dias a tentar nos salvar. Estamos sempre atrás de uma receita que evite esse fim abrupto que nos aguarda lá adiante, ou ali adiante. Corremos no calçadão, procuramos nos alimentar decentemente, ouvimos música, saímos pra beber com os amigos e não nos sentimos vivos se não estivermos apaixonados – porque a paixão é o único sentimento que faz a gente se sentir imortal – e assim vamos tentando manter a morte o mais distante possível. Somos doutores em alegria, somos simpáticos a tudo o que nos faz rir, e chamamos equivocadamente de infelicidade aquilo que é silencioso e repetitivo, porque silêncio e tédio nos lembram você sabe o quê. Pirados, todos nós, e com toda a razão: não é mole viver com a consciência de que sumiremos de uma hora para a outra. A única saída é não dar muita bandeira deste nosso pavor. Ansiedade, sim, envelhece.

A VIDA QUE PEDIU A DEUS

Se fosse feita uma enquete nas ruas com a pergunta "você tem a vida que pediu a Deus?", a maioria responderia com um sonoro quá quá quá. Lógico que alguém desempregado, doente ou que tenha sido vítima de uma tragédia pessoal não estará muito entusiasmado. Mas mesmo os que teriam motivos para estar – aqueles que possuem emprego, saúde e alguma relação afetiva, que é considerada a tríade da felicidade – também não têm achado muita graça na vida.

O mundo é habitado por pessoas frustradas com o próprio trabalho, pessoas que não estão satisfeitas com o relacionamento que construíram, pessoas saudosas de velhos amores, pessoas que gostariam de estar morando em outro lugar, pessoas que se julgam injustiçadas pelo destino, pessoas que não aguentam mais viver com o dinheiro contado, pessoas que gostariam de ter uma vida social mais agitada, pessoas que prefeririam ter um corpo mais em forma, enfim, os exemplos se amontoam. Se formos espiar pelo buraco da fechadura de cada um, descobriremos que estão todos relativamente bem, mas poderiam estar melhor.

Por que não estão? Ora, a culpa é do governo, do papa, da sociedade, do capitalismo, da mídia, do inferno zodiacal, dos carboidratos, dos hormônios e demais bodes expiatórios dos nossos infernizantes dilemas. A culpa é de tudo e de todos, menos nossa.

Um amigo meu, psiquiatra, costuma dizer uma frase atordoante. Ele acredita que todas as pessoas possuem a vida que desejam. Podem até não estar satisfeitas, mas vivem exatamente do jeito que acham que devem. Ninguém os força a nada, nem o governo, nem o papa, nem a mídia. A gente tem a vida que pediu, sim. Se ela não está boa, quem nos impede de buscar outras opções?

Quase subo pelas paredes quando entro neste papo com ele porque respeito muito as fraquezas humanas. Sei como é difícil interromper uma trajetória de anos e se arriscar no desconhecido. Reconheço os diversos fatores – família, amigos, opinião alheia – que nos conduzem ao acomodamento.

Por outro lado, sei que esse meu amigo está certo. Somos os roteiristas da nossa própria história, podemos dar o final que quisermos para nossas cenas. Mas temos que querer de verdade. Querer pra valer. É este o esforço que nos falta.

A mulher que diz que adoraria se separar, mas não o faz por causa dos filhos, no fundo não quer se separar. O homem que diz que adoraria ganhar a vida em outra atividade, mas já não é jovem para experimentar, no fundo não quer tentar mais nada.

É lá no fundo que estão as razões verdadeiras que levam as pessoas a mudar ou a manter as coisas como estão. É lá no fundo que os desejos e as necessidades se confrontam. Em vez de se queixar, ganharíamos mais se nadássemos até lá embaixo para trazer a verdade à tona. E, então, deixar de sofrer.

LEMBRANÇAS MAL LEMBRADAS

A maioria dos nossos tormentos não vêm de fora, estão alojados na nossa mente, cravados na nossa memória. Nossa sanidade (ou insanidade) se deve basicamente à maneira como nossas lembranças são assimiladas. "As pessoas procuram tratamento psicanalítico porque o modo como estão lembrando não as libera para esquecer." Frase do psicanalista Adam Phillips, publicada no livro *O flerte*.

Como é que não pensamos nisso antes? O que nos impede de ir em frente é uma lembrança mal lembrada que nos acorrenta ao passado, estanca o tempo, não permite avanço. A gente implora a Deus para que nos ajude a esquecer um amor, uma experiência ruim, uma frase que nos feriu, quando na verdade não é esquecer que precisamos: é lembrar corretamente. Aí, sim: lembrando como se deve, a ânsia por esquecimento poderá até ser dispensada, não precisaremos esquecer de mais nada. E, não precisando, vai ver até esqueceremos.

Ah, se tudo fosse assim tão simples. De qualquer maneira, já é um alento entender as razões que nos deixam tão obcecados, tristes, inquietos. São as tais lembranças mal lembradas.

Você fez cinco anos, sonhava em ganhar a primeira bicicleta, seu pai foi viajar e esqueceu. Uma amiga íntima, que conhecia todos os seus segredos, roubou seu namorado. Sua mãe é fria, distante, e percebe-se que ela prefere disparado sua irmã mais nova. E aquele amor? Quanta mágoa, quanta decepção, quanto tempo investido à toa, e você não esquece – passaram-se anos e você, droga, não esquece.

Essas situações viram lembranças, e essas lembranças vão se infiltrando e ganhando forma, força e tamanho, e daqui a pouco nem sabemos mais se elas seguem condizentes com o fato ocorrido ou se evoluíram para algo completamente alheio à realidade. Nossa percepção nunca é 100% confiável.

O menino de cinco anos superdimensionou uma ausência que foi emergencial, não proposital.

Você nem gostava tanto assim daquele namorado que sua amiga surrupiou (aliás, eles estão casados até hoje, não foi um capricho dela).

Sua mãe tratava as filhas de modo diferenciado porque cada filho é de um modo, cada um exige uma demanda de carinho e atenção diferente, o dia que você tiver filhos vai entender que isso não é desamor.

E aquele cara perturba seu sono até hoje porque você segue idealizando o sujeito, se recusa a acreditar que o amor vem e passa. Tudo parecia tão perfeito, ele era o tal príncipe do cavalo branco sem tirar nem pôr. Ajuste o foco: o coitado foi apenas o ser humano que cruzou a sua vida quando você estava num momento de carência extrema. Libere-o dessa fatura.

São exemplos simplistas e inventados, não sou do ramo. Mas Adam Philips é, e me parece que ele tem razão. Nossas lembranças do passado precisam de eixo, correção de rota, dimensão exata, avaliação fria – pena que nada disso seja fácil. Costumamos lembrar com fúria, saudade, vergonha, lembramos com gosto pelo épico e pelo exagero. Sorte de quem lembra direito.

PERCEPÇÃO DE SOLIDÃO

Uma mulher entra no cinema, sozinha. Acomoda-se na última fila. Desliga o celular e espera o início do filme. Enquanto isso, outra mulher entra na mesma sala e se acomoda na quinta fila, sozinha também. O filme começa.

Charada: qual das duas está mais sozinha?

Só uma delas está realmente sozinha: a que não tem um amor, a que não está com a vida preenchida de afetos. Já a outra foi ao cinema sozinha, mas não está só, mesmo numa situação idêntica a da outra mulher. Ela tem uma família, ela tem alguém, ela tem um álibi.

Muitas mulheres já viveram isso – e homens também. Você viaja sozinha, almoça sozinha em restaurantes, mas não se sente só porque é apenas uma contingência do momento – há alguém à sua espera em casa. Essa retaguarda alivia a sensação de solidão. Você *está* sozinha, não *é* sozinha.

Então de repente você perde seu amor, e sua sensação de solidão muda completamente. Você pode continuar fazendo tudo o que fazia antes – sozinha –, mas agora a solidão pesará como nunca pesou. Agora ela não é mais uma opção, é um fardo.

Isso não é nenhuma raridade, acontece às pencas. Nossa percepção de solidão infelizmente ainda depende do nosso status social. Se você tem alguém, você encara a vida sem preconceitos, você se expõe sem se preocupar com o que pensam os outros, você absorve a solidão com maturidade e bom humor. No entanto, se você carrega o estigma de solitária, sua solidão triplicará de tamanho, ela não será algo fácil de levar, como uma bolsa. Ela será uma cruz de chumbo. É como se todos pudessem enxergar as ausências que você carrega, como se todos apontassem em sua direção: ela está sozinha no cinema por falta de companhia! Por que ninguém aponta para a outra, que está igualmente sozinha? Porque ninguém está, de fato, apontando para nenhuma das duas. Quem aponta somos nós mesmos, para nosso próprio umbigo. Somos nós que nos cobramos, somos nós que nos julgamos. Ninguém está sozinho quando curte a própria companhia, porém somos reféns das convenções, e quando estamos sós nossa solidão parece piscar uma luz vermelha chamando a atenção de todos. Relaxe. A solidão é invisível. Só é percebida por dentro.

KAFKA E OS ESTUDOS

Fui uma aluna, digamos, razoável. Tirava notas boas, passava quase sempre por média, mas era desinteressada. Estudava o suficiente para passar de ano, mas não aprendia de verdade. Bastava alcançar as notas que me aprovariam para, instantaneamente, tudo o que havia sido decorado evaporar da minha cabeça. Não tenho orgulho nenhum em contar isso, me arrependo bastante de não ter prestado atenção pra valer nas aulas e de não saber mais sobre história, em especial. Mas foi assim. E só fui compreender as razões desse meu desligamento há pouco tempo, ao ler *Carta ao Pai*, de Franz Kafka.

Nessa carta (editada pela Coleção L&PM Pocket), ele a certa altura admite que estudou mas não aprendeu nada, apesar de ter uma memória mediana e uma capacidade de compreensão que não era das piores. Considerava lastimável o que havia lhe ficado em termos de conhecimento. Disse mais ainda, e nisso exagerou: que seus anos na escola haviam sido um desperdício de tempo e dinheiro.

Não é para tanto, estudar nunca é um desperdício, mas quando li essa confissão audaciosa eu quis saber mais. Por que isso, afinal? A justificativa: ele sempre teve uma preocupação profunda com a afirmação espiritual da sua existência, a tal ponto que todo o resto lhe era indiferente.

Há em "afirmação espiritual da existência" solenidade demais para descrever a menina que fui, mas era mais ou menos assim que a coisa se dava. O que eu queria aprender de verdade não passava nem perto do quadro-negro. O que me interessava – e interessa até hoje – eram as relações humanas, e tudo de mágico e de trágico que elas representavam numa vida. Entre os 7 e os 17 anos, eu tinha urgência em estudar o caminho mais curto para ser amada. A escola era como um país estrangeiro. Pela primeira vez eu não estava em casa, nem em segurança. Tinha que aprender como fazer amizades e mantê-las, como demonstrar emoções sem me fragilizar, como enfrentar agressões sem cair em prantos, como explicar minhas ideias sem me contradizer, como ser franca e ao mesmo tempo não ofender os colegas, e nisso gastei infindáveis manhãs e tardes prestando atenção em mim e nos outros – pouco nas lições.

Havia um pátio, havia um bar, havia um portão fechado, havia os banheiros e a biblioteca, e tudo era desafiador. Eu tinha que descobrir em mim a coragem para quebrar certas regras, fumar escondido, namorar. Ficava muito atenta às diferenças entre sabedoria e hierarquia: não era possível que os professores estivessem sempre certos e os alunos, errados. E as matérias me pareciam tão inúteis... Matemática, química e física me eram desnecessárias, eu queria saber sobre teatro, música, filosofia, psicologia, sexo, paixão, eu queria entender o que me fazia ficar zangada ou em êxtase, eu queria aprender mais sobre melancolia, desespero, solidão, eu tinha especial atração pelas guerras familiares e pelas mentiras que sustentam a sociedade, eu queria ter conhecimento sobre ironia, ter domínio sobre o pensamento, entender por que alguns gostavam de mim e outros me esnobavam, lutar contra o que me angustiava. Inocente, queria saber como se fazia para ter certezas. Eu, que tirava nota máxima em bom comportamento, precisava urgentemente que me explicassem o que fazer com o resto de mim, com aquilo que eu não usufruía, a parte errada do meu ser. "Afirmação espiritual da existência." Da escola saí faz tempo, mas nunca parei de me estudar. E Kafka, quem diria, acabou dando um bom professor.

O PERMANENTE E O PROVISÓRIO

O casamento é permanente, o namoro é provisório. O amor é permanente, a paixão é provisória. Uma profissão é permanente, um emprego é provisório. Um endereço é permanente, uma estada é provisória. A arte é permanente, a tendência é provisória. De acordo? Nem eu. Um casamento que dura 20 anos é provisório. Não somos repetições de nós mesmos, a cada instante somos surpreendidos por novos pensamentos que nos chegam através da leitura, do cinema, da meditação. O que eu fui ontem e anteontem já é memória. Escada vencida degrau por degrau, mas o que eu sou neste momento é o que conta, minhas decisões valem para agora, hoje é o meu dia, nenhum outro.

Amor permanente... Como a gente se agarra nessa ilusão. Pois se nem o amor por nós mesmos resiste tanto tempo sem umas reavaliações. Por isso nos transformamos, temos sede de aprender, de nos melhorar, de deixar pra trás nossos imensuráveis erros, nossos achaques, nossos preconceitos, tudo o que fizemos achando que era certo e hoje condenamos. O amor se infiltra dentro de nós, mas seguem todos em movimento: você, o amor da sua vida e o que vocês sentem. Tudo pulsando independentemente, e passíveis de se desgarrar um do outro.

Um endereço não é pra sempre, uma profissão pode ser jogada pela janela, a amizade é fortíssima até encontrar uma desilusão ainda mais forte, a arte passa por ciclos, e se tudo isso é soberano e tem valor supremo, é porque hoje acreditamos nisso, hoje somos superiores ao passado e ao futuro, agora é que nossa crença se estabiliza, a necessidade se manifesta, a vontade se impõe – até que o tempo vire.

Faço menos planos e cultivo menos recordações. Não guardo muitos papéis, nem adianto muito o serviço. Movimento-me num espaço cujo tamanho me serve, alcanço seus limites com as mãos, é nele que me instalo e vivo com a integridade possível. Canso menos, me divirto mais e não perco a fé por constatar o óbvio: tudo é provisório, inclusive nós.

FERRAMENTAS DE BUSCA

O caderno de informática do *Jornal do Brasil* publicou uma matéria sobre as palavras e expressões mais procuradas pelo site de busca Google em 2003. Britney Spears segue na liderança mundial das personalidades mais pesquisadas, enquanto que o assunto mais procurado foi Harry Potter. A matéria abordou também as procuras feitas no Google brasileiro, e você não imagina minha surpresa ao ver que faço parte do ranking, logo atrás da Monica Bellucci, o que é uma injustiça: o que é que ela tem que eu não tenho?

Me buscam, essa é a notícia boa. Buscam meus textos, e principalmente buscam a autoria correta deles, já que há inúmeros textos circulando pela internet com a assinatura trocada. Não importa a razão, me buscam. E eu me busco também. De uma maneira menos tecnológica, com ferramentas mais prosaicas, mas me busco, sou a campeã de busca de mim mesma.

Me busco em músicas que dão ritmo ao que sinto de forma silenciosa, e me busco em trechos de livros que revelam ideias que mantenho ainda embaralhadas. Me busco no olhar das minhas filhas, no jeito que elas têm de andar, falar, pensar, no talento que elas têm de trazer a minha infância mais pra perto, de nem parecer que estou tão longe assim do que já fui.

Me busco na intensidade da chuva, que é quando a natureza se impõe com mais tirania e beleza, e me busco em frente ao mar, que já me teve em tantos mergulhos. Me busco em cada conversa franca com um amigo, a cada vez que ouço dele uma dúvida que também é minha, uma experiência que é só dele, mas torna-se um pouco minha também, pela afinidade e pela imaginação. Me busco quando me aquieto pra escutar meus pensamentos, que não são retos, certos, fáceis, e sim espasmódicos, contraditórios, provocativos, ora estão a meu favor, ora contra, e por isso me desencontro. Então escrevo, me busco em frases feitas e frases inventadas, colocando uma palavra atrás da outra na tentativa de construir uma lógica, um atalho, uma emoção que eu consiga sustentar e repartir, e depois que fecho o computador me busco no sono, nos sonhos, no inconsciente, no meu lado noturno, sombrio, quando perco a coragem e tudo me amedronta, a começar pelo fato de que o dia terminou e a busca não se encerrou, nem irá, porque esse tipo de busca não se encerra.

 Ainda que o resultado não seja tão fácil e imediato como acontece via internet, busque-se também. Há sempre um meio, um jeito, uma ferramenta eficiente à mão.

ATÉ QUE CHEGA A NOSSA VEZ

Eu pensava assim: "Se eu vir um acidente de carro na estrada, telefonarei para ambulâncias, pra polícia rodoviária, pro Lula, mas não terei coragem de parar e remover eu mesma os feridos". Sei, nem um pouco nobre. Mas eu apostava mesmo que não teria estômago pra tanto. Até que um dia, na BR-101, aconteceu um acidente de carro bem na minha frente. Um choque entre um caminhão e um chevette caindo aos pedaços, com umas sete pessoas dentro, entre elas duas crianças. Nada que precisasse de remoção com equipe especializada, mas era preciso socorrê-los. O que fiz? Saltei do carro em que estava, interrompi o trânsito e ajudei a distribuir os feridos entre os outros carros que se ofereceram para ajudar – as duas crianças e a mãe delas vieram comigo. Levei-as ao hospital (estávamos pertinho de Torres) e, apesar da sangueira, soube no dia seguinte que salvaram-se todos. Eu havia garantido meu lugarzinho no céu.

O que me ficou desse episódio, além do alívio de saber que não sou tão covarde, é que a gente nunca sabe nada, até que chega a nossa vez. Eu não sabia como iria reagir diante de um acidente, até que me vi testemunha de um. Assim como não sei como reagirei diante de um assalto, como reagirei diante de uma perda profunda, como reagirei diante de um bilhete premiado da megassena ou de um convite para um drinque com o Jude Law. Palpites, tenho alguns. Mas certeza mesmo, nenhuma.

"Eu sofreria um ataque cardíaco se tivesse que saltar de um avião."

"Eu jamais teria um caso extraconjugal."

"Eu distribuiria metade do dinheiro se ficasse rico com a loteria."

"Eu nunca aceitaria suborno."

"Eu não suportaria ter um filho homossexual."

Quem garante? São apenas defesas pré-programadas. A gente não sabe do que o nosso amor é capaz, o que a nossa natureza nos reserva, o poder da nossa desobediência ou subordinação. A gente não pode prever nossa reação diante do susto, da paixão, da fome, do medo. Podemos vir a ser uma grata surpresa para nós mesmos.

Para fechar este assunto, recomendo o excelente *Queda livre*, livro de ensaios do Otávio Frias Filho, que relata oito situações vivenciadas por ele. São experiências que ele jamais havia pensado em realizar, como saltar de paraquedas, ir a um clube de troca de casais, ser voluntário do CVV, percorrer a pé o caminho de Santiago de Compostela, ir à Amazônia para conhecer de perto a seita do Santo Daime e outras aventuras. São reflexões inteligentes, elegantes, bem-humoradas e que nos dão uma vontade imensa de, como ele, ir além da teoria. Porque falar a gente fala sobre tudo e sobre todos, o que mais temos é opinião. Mas autoconhecimento, mesmo, a gente ganha é através do enfrentamento, e não com especulações.

NATURALEZA SANGRE

Enquanto assistia ao vibrante show que Fito Paez fez na sexta-feira no Teatro do Sesi, me pareceu claro que esta história de argentinos x brasileiros rende boas piadas, mas não passa disso, de galhofa. Impossível colidir de frente com a vitalidade portenha. De minha parte, não tenho nada contra os hermanos, gosto muito dessa gente louca, culta, sensual e cosmopolita. Fito Paez cumprimentou a plateia dizendo "Buenas noches, Porto Alegre; buenas noches, Toronto; buenas noches, Lima; buenas noches, Tóquio; buenas noches, Madrid" e emendou com outras tantas cidades, criando uma grande corrente em torno de algo que é comum a todos: a música, o amor e a liberdade. Sem fronteiras e sem competições.

Durante o show, fiquei pensando no que é mais importante para a humanidade, se a literatura ou a música. Felizmente, não é preciso optar entre uma e outra, mas e se tivéssemos quê? Eu já escrevi um sem-número de crônicas defendendo a importância da literatura para abrir horizontes, vencer preconceitos e aprender a escrever melhor – sem falar no quesito entretenimento: livro diverte. Mas a música tem um poder que vai além de atributos práticos e aplicáveis. A música nos invade de uma maneira que nos deixa sem defesa. Ainda mais quando é ao vivo. Seja um rock'n'roll possante ou música erudita, não importa. Ela vai buscar você onde você se esconde.

Pode ser que não seja assim com todos. Comigo é. A música passa ao largo do meu pensamento e se instala onde eu me sinto, onde eu me conecto com sensações infantis de extremo prazer, onde tudo se torna absolutamente instintivo. Ela me desengessa. Dá reconhecimento ao meu corpo, que reage a ela sem pudores. Enquanto as palavras vestem, a música despe. E quando estão juntas, letra e música – boa! –, aí é uma excitação diferente, é um arrebatamento difícil de explicar, é mais ou menos o que acontece na hora do sexo, quando a gente não está pensando em nada, quando a gente deixa o personagem do lado de fora do quarto e recupera a pureza de ser quem é.

Não sou muito boa de abstração. Talvez o que eu esteja querendo dizer é que, enquanto o livro permite que alternemos crença e descrença, a música nem nos dá tempo para esse tipo de avaliação. Ela invade e captura o que há de melhor em nós: a nossa essência primeira, a mais intocada delas, a que não foi corrompida por racionalizações.

Na canção que abre seu novo álbum, *Naturaleza Sangre*, Fito Paez diz: "No creo em casi nada que no salga del corazón". Provou isso no palco. E a plateia ferveu.

TRAIÇÃO E SEMÂNTICA

Quando alguém diz, por exemplo, "João traiu Renata", a primeira coisa que me vem à cabeça é que João espalhou um segredo cabeludo que Renata havia lhe confiado, ou então que João entregou Renata para a polícia, ou ainda que João fugiu com todo o dinheiro que Renata havia economizado, que crápula. Nunca penso que João transou com outra mulher.

Trair pressupõe que algo foi feito contra alguém. E sexo não é algo que seja feito contra uma terceira pessoa. Sexo é sempre a favor, sempre pró, e sempre egoísta – não diz respeito a quem ficou do lado de fora do quarto. Faz-se sexo para dar e receber prazer, e não para prejudicar quem quer que seja. Traição é uma palavra dura demais para ser usada como sinônimo de infidelidade e adultério.

A palavra adultério é até romântica, remete a encontros clandestinos, beijos roubados, vidas secretas, roteiros de cinema, letras de samba. O adúltero – apesar de ter que carregar esse palavrão nas costas – é na verdade um alegre.

Infidelidade já é uma palavra mais burocrática, boa para ser usada em tribunais, alegar quebra de contrato. É palavra comprida e possui um certo status, parece coisa de estelionatário graúdo, gente com conta em paraíso fiscal – pensando bem, "conta em paraíso fiscal" é uma metáfora que se aplica perfeitamente a romances paralelos. Mas estelionato é crime, e infidelidade não é. O infiel é um inofensivo, vende fácil seus carros usados.

Os infiéis não metem medo, os adúlteros possuem um charme boêmio, então, na falta de uma palavra mais intimidante, apela-se para "traidores", a fim de arrancarmos deles alguma culpa, remorso, vergonha. Mas que ninguém se engane: a palavra traição está combinando cada vez menos com a realidade sexual vigente. Ninguém está batendo palmas aqui para a poligamia. Estou apenas refletindo sobre a adequação e inadequação de certos vocábulos. Traição? Convém enfrentar os revezes amorosos sem mexicanizar demais a cena.

No início de todo romance, homens e mulheres se satisfazem plenamente um com o outro, mas com o passar do tempo a relação passa a satisfazer apenas parcialmente – e parcialmente pode ser mais que suficiente quando inclui amizade, cumplicidade, diversão, leveza. Porém, a parte que começa a faltar – a sedução – deixa o campo aberto para novas experiências, que podem acontecer ou não. Nada disso tem a ver com desamor. Pode-se amar alguém e sucumbir a uma aventura. Não estou dizendo nenhuma novidade, estou? Há algum inocente no recinto?

Traições pegam você desprevenido. A infidelidade, ao contrário, é sempre uma possibilidade a ser considerada, mesmo quando parece improvável. E não, não há nenhum inocente no recinto.

A IDADE DE CASAR

Pesquei sem querer um diálogo entre minha filha e uma amiga dela, ambas com 13 anos. "Eu quero casar quando tiver uns 23." "Ah, muito cedo, antes quero viajar pelo mundo. Vou casar com 28."

Não me admiro, porque quando eu tinha a idade delas também havia este tipo de papo, quero-casar-com-tantos--anos. E a faixa não variou muito, apenas se estendeu um pouco. Até hoje, entre os 25 e 35, toda mulher quer estar bem encaminhada no amor. Se até os 35 não rolou nada de sério, salve-se quem puder, porque tem o tal do relógio biológico e seu tic-tac macabro.

Estou falando, naturalmente, das mulheres de Neanderthal, como eu. Mulheres modernas nem pensam nisso, casam uma vez por ano, tatuam o nome de todos os namorados pelo corpo, tudo é pra sempre, tudo já foi, passado e futuro são agora. Um, dois e já, marido novo, é enlaçar e correr pra capa da *Caras*.

Mas voltemos à idade das cavernas (o mundo de hoje comporta todos os períodos), em que algumas mulheres aindam planejam ter um marido pra vida inteira, filhos, um lar estável, essas coisas consideradas pré-históricas. Pois bem. Ela quer casar. E não está a fim de esperar pelo grande amor, pois ele sempre chega adiantado ou atrasado demais. Vá que ele apareça quando ela tiver 18. Nem pensar, ela recém entrou na faculdade e ainda quer beijar todas as bocas que cruzarem a sua frente. E se o grande amor resolver pintar quando ela estiver beirando os 50? Nem pensar também, ela vai ficar se distraindo com o que até lá? Ele tem que chegar na hora combinada: entre os 25 e 35 anos. Ei, grande amor, agende-se! Senão o pequeno amor vai ficar com o prêmio.

E lá vai o casal para o altar: a neanderthal adestrada pra casar e o pequeno amor promovido a grande amor porque chegou pontualmente. Como é que acaba essa história? Na maioria das vezes, acabando.

Não é uma visão muito romântica dos casamentos, mas, infelizmente, realista. Mulheres que foram educadas pra casar não lidam bem com esta história de "se tiver que acontecer, acontecerá". Nada disso, é imprudência entregar assunto tão sério pro destino. Então, ao entrar numa idade em que acreditam estar aptas a formar família, passam a ser mais condescendentes com o namorado em vigência, e ele pode ser alçado a marido apenas por estar no lugar certo, na hora certa.

Melhor seria se não fôssemos educadas para casar, e sim para ser feliz. Melhor seria se a gente não se preocupasse em seguir scripts preestabelecidos, melhor seria dar uma banana para as convenções e obedecer apenas aos sentimentos. Mas o que fazer com a vontade de ter filhos? O que fazer com toda a experiência adquirida na infância, quando brincávamos de casinha?

A gente brincava era de caverninha, e nem sabia.

CHORAR FAZ BEM

Uma vez eu estava no velório de uma amiga da minha mãe, que havia falecido cedo, aos 60 e poucos anos. Eu gostava muito dela, era uma mulher bonita, divertida, vibrante. Foi uma morte anunciada, ela vinha doente há meses, portanto, estava tudo dentro da previsibilidade. Ainda assim, quando entrei na capela onde estava o corpo, senti um aperto no peito, minha garganta fechou, parecia que eu iria sufocar, e então, sem que eu conseguisse me controlar, caí em prantos. Chorei como se fosse da família, chorei o choro reservado apenas àqueles muito próximos, chorei de dar vexame, deixando a todos comovidos com a minha dor. Mal sabiam eles que minha tristeza por aquela amiga de minha mãe era bem menor do que a tristeza por mim mesma. Eu chorava por algo que havia morrido em mim, chorava um pedaço da minha vida que havia deixado de existir, chorava uma perda que nada tinha a ver com aquela situação. O velório foi apenas um álibi providencial.

  Desde então, comecei a ficar mais atenta às verdadeiras razões dos meus choros, que, aliás, costumam ser raros. Já aconteceu de eu quase chorar por ter tropeçado na rua, por uma coisa à-toa. É que, dependendo da dor que você traz dentro, dá mesmo vontade de aproveitar a ocasião para sentar no fio da calçada e chorar como se tivéssemos sofrido uma fratura exposta.

Qualquer coisa pode servir de motivo. Chorar porque fomos multados, porque a empregada não veio, porque o zíper arrebentou bem na hora de sairmos pra festa. Que festa, cara--pálida? Por dentro, estamos em pleno velório de nós mesmos, chorando nossa miséria existencial, isso sim.

Não pretendo soar melodramática, mas é que tem dias em que a gente inventa de se investigar, de lembrar dos sonhos da adolescência, de questionar nossas escolhas, e descobre que muita coisa deu certo, e outras não. Resolve pesar na balança o que foi privilegiado e o que foi descartado, e sente saudades do que descartou. Normal, normalíssimo. São aqueles momentos em que estamos nublados, um pouco mais sensíveis do que gostaríamos, constatando a passagem do tempo. Então a gente se pergunta: o que é que estou fazendo da minha vida? Vá que tudo isso passe pela sua cabeça enquanto você está trabalhando no computador. De repente, a conexão cai, e, em vez de desabafar com um simples palavrão, você faz o quê? Cai no berreiro. Evidente.

Eu sorrio muito mais do que choro, razões não me faltam para ser alegre, mas chorar faz bem, dizem. Eu não gosto. Meu rosto fica inchado e o alívio prometido não vem. Em público, então, sinto a maior vergonha, é como se estivesse sendo pega em flagrante delito. O delito de estar emocionada. Mas se emocionar não é uma felicidade? Neste admirável mundo de contradições em que a gente vive, podemos até não gostar de chorar, mas se trata apenas da nossa humanidade se manifestando: a conexão do computador, às vezes, cai; por outro lado, a conexão conosco mesmo, às vezes, se dá.

Sendo assim, sou obrigada a reconhecer: chorar faz bem, não importa o álibi. É sempre a dor do crescimento.

DE ONDE MESMO?

Dois anos atrás escrevi uma crônica em que eu comentava sobre minha dificuldade em acertar o nome das pessoas. Troco o nome das filhas, das amigas e até o nome das coisas. Criei um vocabulário próprio, que funciona por assemelhação: em vez de dizer "me passa teu prato", eu digo "me passa teu braço", e ninguém já nem ri desses meus vacilos, tão comuns eles se tornaram no meu dia a dia. Aliás, no meu e no de muita gente, pois na época não foram poucos os e-mails que recebi de leitores dizendo: "Que bom, então não sou só eu". É, companheiros, somos muitos.

Mas hoje venho falar de uma outra dificuldade que me causa um constrangimento infinitamente maior: além de trocar nomes, sou péssima fisionomista. Basta tirar alguém do contexto em que a conheci para custar a reconhecê-la. Parece desculpa esfarrapada de uma antipática nata, mas não é o caso.

Exemplos? Sente aí que tenho muitos pra contar. Na ginástica, por exemplo. Malho numa academia enorme. Às vezes alguém vem conversar comigo e – ai de mim – não faço ideia de quem seja a pessoa. Uma fotógrafa com quem já fiz um trabalho, uma dona de galeria de arte, um conhecido do meu irmão, uma ex-vizinha: meu Deus, de onde mesmo conheço essas criaturas??? Só as identifico no seu habitat de origem, vestindo roupas civis. Mas suando, de top de lycra e cabelo preso, fora do contexto habitual, eu não as identifico. Nesse pé anda minha esquizofrenice.

A recepcionista do meu médico: há 20 anos que eu a vejo com o mesmo avental, sentada atrás da mesma mesa. Outro dia cruzei com ela no shopping, retribuí seu cumprimento com um belo sorriso e depois quase caí de cama tentando lembrar: de onde, pelo amor de Deus??

Se encontrar o porteiro do meu prédio circulando por uma feira de artesanato, a ficha não vai cair. Se cruzar no aeroporto com alguém que só vejo no salão de beleza, há grande chance de eu dar oi sem ter a mínima ideia de quem seja. Um primo em terceiro grau que só vejo em casamentos e velórios, ou seja, quase nunca: passei por ele no supermercado outro dia e percebi que sua fisionomia não me era estranha, mas o nome e o grau de parentesco não me ocorreram na hora. Ele, gentilmente, reavivou minha memória, enquanto eu desejava sumir de vergonha.

E beira de praia? Todo mundo de óculos escuros e boné, podendo ser tanto a Madonna quanto uma ex-colega de faculdade.

Claro que isso não acontece a todo instante e tampouco com pessoas do meu convívio diário, apenas com quem me relaciono pouco. Mas é um vexame, principalmente para quem, como eu, preza a boa educação. Portanto, isto não é uma crônica, e sim um pedido público de desculpas. E uma tentativa de descobrir, mais uma vez, se é só comigo.

ELE ESTÁ A FIM OU NÃO?

Recebi de presente o livro *Ele simplesmente não está a fim de você,* de autoria de Greg Behrendt com comentários de Liz Tuccillo, ambos roteiristas da série *Sex and The City*. Havia escutado alguma coisa a respeito e achei que talvez fosse engraçado. Comecei a folhear as primeiras páginas e não parei enquanto não cheguei ao fim. Não é engraçado, é estupidamente engraçado. Se eu recomendo? Claro que não, eu recomendo Ferreira Gullar, Manoel de Barros, Adélia Prado, Fausto Wolff. O que não impede que a gente, de vez em quando, se renda a uma diversãozinha superficial. Já se a intenção for dar um upgrade nos seus relacionamentos amorosos, convém manter distância desse manual de autoajuda. A não ser que não se importe de ficar solteira o resto da vida.

O livro foi escrito para mulheres que passam o dia ao lado do telefone esperando um sinal de vida do cara com quem saíram semana passada. Mulheres que ficam imaginando que ele anotou o número errado, ou que está num hospital com amnésia, ou que teve que fazer uma viagem repentina para Ludwigshafen, ou que morreu atropelado e só por isso ainda não ligou. Os autores acabam com qualquer uma dessas fantasias. O cara não ligou porque simplesmente não está a fim de você.

Não há dúvida de que o livro ensina a economizar tempo. Se não rolou, vamos adiante, nada de ficar esperando milagres. Se o sujeito nunca diz que te ama, não está a fim de você. Se ele está passando por um estresse emocional, não está a fim de você. Se ele não anda com muito apetite sexual, não está a fim de você. Se está desempregado e permite que você pague as contas, não está a fim de você. Se diz que está com problemas familiares, não está a fim de você. Ou seja: ou o cara é um babão que não tem olhos para mais nada na vida a não ser você, ou não está a fim de compromisso e merece um belo chute você sabe onde.

Não que esta avaliação esteja totalmente equivocada. Quem está a fim procura, liga, comparece. Mas nada é assim tão simples no mundo da sedução. Homens, por incrível que pareça, também têm traumas, deprês, inseguranças. Os interessantes, ao menos. E você vai dispensar justo esses só porque eles não telefonam três vezes por dia?

Outro problema do livro é que ele aconselha todas as mulheres a ficarem sentadinhas esperando o príncipe. Tomar a iniciativa? Jamais, nunca, never. Eles têm as rédeas da situação, eles é que têm o poder de escolha. Você, quando muito, tem sorte.

E quando é ela que simplesmente não está a fim dele? Nem um pio sobre isso. O livro retrata um mundo onde todas as mulheres só pensam em casar e todos os homens estão dispostos a enrolá-las, a não ser três ou quatro anjos que elas ainda não encontraram, mas que devem seguir procurando.

De qualquer maneira, se você tiver bom humor e não se importar com caricaturas, vale a pena se divertir com os conselhos mais que espirituosos de Greg Behrendt, que, aliás, vangloria-se de ser muito bem casado e de ligar para a patroa a cada cinco minutos. Coitada.

DAR-SE ALTA

Nada como não ter grandes esperanças para também não ter grandes frustrações. Todos diziam que o novo filme do Woody Allen era fraco e repetitivo, mas sempre acreditei que um fraco Woody Allen ainda é melhor do que muita coisa considerada boa por aí. Então lá fui eu para o cinema conferir *Igual a tudo na vida* e, não sei se devido à baixa expectativa ou ao meu entusiasmo incondicional pelo cineasta, saí mais do que satisfeita: não considerei o filme fraco coisa nenhuma.

Fraco achei o ator protagonista. Inexpressivo. Quase comprometedor. Fora isso, foi uma delícia ver Woody Allen jogar a toalha, reconhecer que a busca pelo sentido da vida é uma tarefa cansativa e infrutífera e que todo mundo vive as mesmas angústias, do intelectual ao motorista de táxi. Extra, extra! Woody Allen se deu alta!

É verdade que *Igual a tudo na vida* remete a situações já mostradas em seus outros filmes, mas era esse mesmo o propósito. Woody Allen faz o papel de um escritor veterano que dá dicas para um escritor amador, que não passa dele mesmo, anos antes. Não foi preciso escalar para o papel alguém com semelhanças físicas e os mesmos trejeitos: a angústia existencial do jovem Falk basta para identificá-lo como um Woody

Allen Júnior em busca de libertação. E o que é libertação? Fala o veterano: "Quando alguém lhe der um conselho, você diga que é uma excelente ideia, mas depois faça apenas o que quiser". Tem lógica. Quem é que pode adivinhar o que se passa dentro de nós? Não compensa preservar relações por causa de culpa, ficar imobilizado, temer consequências. Vá lá e faça o que tem que ser feito. Sozinho. Porque é sozinho que estamos todos, afinal.

Ou seja, nada que Woody Allen já não venha há anos discutindo em sua obra, mas agora tudo me pareceu mais leve e menos intelectualizado, até o restaurante que Allen costuma usar como locação mudou, sai o abafado Elaine's, entra o arejado Isabella's.

É claro que os filmes da fase neura eram mais ricos, é claro que uma vida de questionamentos tem mais consistência do que uma vida resignada, e é claro que o Elaine's tem alma, e o Isabella's não. Mas a passagem dos anos e a proximidade da morte reduzem bastante esse orgulho que temos em ser profundos e diferenciados.

Todos as criaturas do mundo estão no mesmo barco procurando amor, sexo, reconhecimento, segurança, justiça e liberdade. Algumas coisas iremos conquistar, e outras não, e pouco adianta deitar falação, porque seremos para sempre assim: sonhadores, atrapalhados e contraditórios. Jamais teremos controle sobre os acontecimentos. A sutil diferença é que, se em seus filmes anteriores Woody Allen parecia dizer "não há cura", agora ele parece dizer "não há doença".

Eis a compreensão da natureza humana, acrescentada por uma visão bem-humorada e madura do que nos foi tocado viver. Leva-se tempo para aprender a não dramatizar demais as situações. Dar-se alta é reconhecer, com alívio, que o que parecia doença era apenas uma ansiedade natural diante do desconhecido. Só quando aceitamos que o desconhecido permanecerá para sempre desconhecido é que a gente relaxa.

IGUALDADE SEXUAL

A notícia foi transmitida através de um site: uma norueguesa de 23 anos foi condenada a nove meses de prisão por ter violentado sexualmente um homem. Como é que é? Vamos aos detalhes: o homem estava deitado num sofá, no meio de uma festa. Totalmente apagado. Horas depois, acordou com uma mulher desconhecida fazendo sexo oral nele.

Quando li a notícia, dezenas de frases acorreram à minha mente de forma automática: ah, o cara não é chegado, o juiz foi severo demais, a maioria dos homens que eu conheço agradeceriam esse final de noite inesperado.

O machismo tomou conta do meu cérebro e só depois, aos poucos, consegui avaliar a situação mais sensatamente. Por que um homem tem que achar sempre maravilhoso que uma mulher lhe preste homenagens desse tipo, mesmo quando não houve consentimento? E se o cara é casado e a esposa estava na festa? E se a situação o constrangeu? E se simplesmente não estivesse a fim, por acaso não teria o direito? Agora, a pergunta mais importante de todas: e se fosse ela quem estivesse desacordada no sofá e ele prestasse a mesma "homenagem" sem pedir licença? Aí mudaria totalmente de figura, é o que argumentaríamos.

Pois o juiz norueguês resolveu, numa atitude inédita naquele país – e creio que no mundo todo –, que não muda de figura coisíssima nenhuma. Se um homem praticasse sexo oral numa mulher desacordada, isso seria considerado um ato de violência. Por que o contrário não deve ser também? A Escandinávia é a região do planeta onde a igualdade de direitos entre os sexos está mais desenvolvida. Em países como a Suécia, Dinamarca e na própria Noruega, os homens têm direito a uma longa licença-paternidade e mulheres têm uma vida sexual livre e sem patrulha, pra citar apenas dois exemplos desse igualitarismo, que ainda não é total, porém bastante avançado. O que o juiz fez foi levar essa igualdade ao pé da letra, rompendo com algumas "tradições culturais", como a que sustenta que mulheres podem se negar a praticar sexo, mas homens devem estar sempre a postos. Ousado esse juiz. Deu um passo importante para refletirmos sobre o assunto, ainda que essa sentença fosse totalmente impensada no Brasil. Aqui, o violado que levasse o caso à Justiça seria apedrejado em praça pública aos gritos de bo-io-la, bo-io-la. Ela? Capa da *Playboy* no dia seguinte.

MICROFONE ABERTO

Não há injustiça maior do que expor publicamente pessoas que fazem desabafos acreditando estarem em off, ou seja, com os microfones desligados, em santa privacidade. O pato da vez foi o príncipe Charles, que, diante de um batalhão de fotógrafos, disse entre dentes, para ninguém escutar: "Odeio posar para esses malditos" ou algo parecido. Os microfones estavam abertos e o mundo inteiro tomou conhecimento. Um mico, realmente, mas vamos ser sinceros, o que seria de nós se todos soubessem o que dizemos quando ninguém está escutando?

Impossível não lembrar do ex-ministro Rubens Ricúpero. Entendo que era uma pessoa pública e que deveria ser mais cuidadoso, mas o que ele disse mesmo? "As coisas boas a gente mostra, as coisas ruins a gente esconde." Em política, isso é grave, mas atire a primeira pedra quem não pensa exatamente assim quando sai para um primeiro encontro ou para uma entrevista de emprego. Duvido que você diga para a menina com quem está saindo pela primeira vez que você ronca feito um jumento baleado ou, numa entrevista de emprego, comunica que tem a maior dificuldade para acordar cedo. Isso você comenta entre quatro paredes para seus amigos. Microfones lacrados.

Políticos, príncipes e celebridades são pessoas de carne e osso como nós e também têm o direito de resmungar. Imagine se fosse tornado público o que dizemos quando a empregada liga avisando que não vai trabalhar porque está doente. "Claro, Maria, entendo perfeitamente, melhoras pra você", enquanto algum microfone aberto captaria nossos sonoros palavrões ao desligar o telefone. E quando nossa simpática tia avó resolve nos visitar domingo à tarde, saindo só depois que o Fantástico acaba: "Tchau, tia, adoramos, volte sempre", enquanto o microfone aberto nos flagraria suspirando: "Achei que ela não iria embora nunca mais!". Ou quando o médico nos recebe no consultório por apenas dez minutos e nos cobra uma consulta que valeria três horas de atendimento a domicílio: "Esse cara está enriquecendo às custas das minhas crises de asma". Nunca? Você jamais disse nada que não possa ser escutado? Parabéns, acaba de ganhar uma cadeira cativa no céu – forrada de veludo e reclinável.

Ninguém é tão bonzinho e complacente 24 horas por dia. É claro que dizemos certas coisas que jamais diríamos se soubéssemos que há alguém atrás da porta nos escutando, e não há nada de errado com isso, é apenas um momento humaníssimo de relax, quando não precisamos atuar socialmente.

Nem eu nem você passaríamos incólumes por um microfone aberto. Portanto, tolerância com os descuidados.

A FÓRCEPS

Recebo o e-mail de uma amiga contando que, mesmo não tendo tempo para mais nada, voltou para as aulas de dança, que está fazendo à noite. Diz ela: "Tem coisas que devemos abrir espaço a fórceps, ou corremos o risco de serem extinguidas de nossas vidas".

Fórceps todos sabem o que é. Um instrumento que, em obstetrícia, serve para extrair o bebê do útero, nos casos em que ele já está ali na portinha pra sair, mas não sai. Falando assim, parece uma coisa agressiva, mas não é. É um help. Se a natureza não está ajudando, o fórceps vai lá e puxa o bebê pra vida.

Pois é assim que estamos levando os dias: a fórceps. Se existe uma coisa que não se dilata espontaneamente é o tempo, ao contrário, está cada vez mais apertado, então a gente tem que tratar de extrair tudo o que a gente quer da vida na marra mesmo. Forçando um pouco.

E lá vamos nós pra noite, mesmo com medo da própria sombra. Vamos jantar, vamos ao cinema, vamos ao bar, vamos à casa de amigos, vamos cantarolando dentro do carro e com os vidros bem fechados, vamos despistando as neuras e tentando estacionar bem longe das estatísticas estampadas nas páginas policiais.

E a gente promete nunca mais telefonar para quem nos faz sofrer, mas acaba telefonando, e ele atende, e implica, e a gente some, e ele chama, e a gente volta, e briga, e ama, e sofre, e ama, e ama, e ama, e desama, e termina, e quando parece que cansamos, que não há mais espaço para um novo amor, outro aparece, outro parto, começa tudo de novo, aquele ata--e-desata, o coração da gente sendo puxado pra fora.

E a gente faz mágica: vive 32 horas por dia, oito dias por semana, 14 meses por ano – e com um salário microscópico. Fazemos a volta ao mundo com meio tanque de gasolina, dormimos seis horas por noite, sonhamos acordadas o tempo inteiro. Bebemos um drinque com as amigas e voltamos para casa sóbrias, entramos no quarto das crianças sem acordá-las, um pássaro não seria mais leve. Lemos todos os livros do mundo nos intervalos da novela, paramos dois segundos para olhar o pôr do sol pela janela, telefonamos para nossa mãe ao mesmo tempo em que respondemos o e-mail de um cliente, e se alguém sorri para nós, a gente se aproxima, se arrisca e renasce nessas chances de vida. Porque senão é da casa pro trabalho e do trabalho pra casa, deixando o tempo agir sozinho, esperando dilatações espontâneas. E, como elas não acontecem, permanecemos paralisadas na vidinha mesma de sempre, lamentando o fim das nossas aulas de dança.

ARTE E DOMESTICAÇÃO

Tem circulado pela internet um texto assinado ora por um "pai anônimo", ora por uma "mãe anônima", mas pouco importa. É o relato de uma pessoa escandalizada com o filme sobre o Cazuza. Entre outras coisas, diz: "É estarrecedor que as pessoas estejam cultivando ídolos errados". E justifica: "Reverenciar um marginal como ele é inadmissível (...) a morte de Cazuza foi consequência de sua educação errônea". Esses trechos bastam para dar uma ideia do conteúdo. Já recebi várias cópias desse texto e aqueles que me enviam sempre perguntam: "Você não acha que é um ponto de vista interessante?".

Não, não acho. Considero uma visão limitada e preconceituosa. Se fôssemos admirar apenas o trabalho dos bons moços, teríamos que ignorar Oscar Wilde, Chet Baker, Cole Porter, Janis Joplin, Ray Charles, Eric Clapton, Billie Holiday, Pablo Picasso, Jack Kerouac, Ernest Hemingway, pra citar apenas alguns nomes de uma longa lista de alcoolistas, viciados em drogas, egocêntricos, petulantes, malucos e geniais.

Não é preciso ser doidão pra realizar uma grande obra, há inúmeras pessoas talentosas que vivem de forma regrada, mas há que se respeitar aqueles que necessitam extravasar-se e que não estão prejudicando ninguém. A liberdade total sempre foi politicamente incorreta. É pouco provável que Cazuza tivesse criado as belas e viscerais canções que criou caso fosse um menino temente a Deus com um emprego burocrático de segunda a sexta. Nada contra os tementes a Deus com empregos burocráticos, eles dão bons pais de família, bons médicos, bons carteiros e bons maridos, mas que não se queira exigir de um artista esse tipo de enquadramento.

Não há razão para temer os desiguais. O autor anônimo do texto diz, a certa altura, que ficou horrorizado porque sua filha adolescente assistiu ao filme e foi preciso explicar a ela que usar drogas, beber até cair e participar de bacanais não são coisas certas. Óbvio que não é um estilo de vida saudável, porém não podemos fingir que o mundo é composto apenas de super-heróis imunes a fraquezas, a curiosidades e a ímpetos que nem sempre estão dentro dos padrões.

O que importa na vida do artista é a sua arte, é o que ele deixa de legado. Biografias, filmadas ou escritas, servem apenas para entender a época em que ele viveu, quais eram seus conflitos, qual a fonte da sua inquietação. Ao se contar uma história de vida, seja ela qual for, humaniza-se o personagem. Será que foi essa a explicação que a menina adolescente recebeu depois de assistir ao filme, ou será que ela recebeu uma bela lição sobre maniqueísmo? Meu caro anônimo, há muitas formas de se ministrar uma educação errônea.

Citar Cazuza como um ídolo inadequado é de uma miopia desoladora. O que dizer de vários ídolos pré-fabricados que nada acrescentam artisticamente, que não emocionam nem instigam, apenas vendem sandalinhas? Deixemos que alguns artistas experimentem a desobediência, testem seus próprios limites, busquem a vida nos buracos sujos onde ela se esconde. Todos aqueles que pintam, dançam, cantam, escrevem e atuam com o sangue quente e a alma aos gritos estão, na verdade, ajudando a revelar a nós mesmos, cidadãos acima de qualquer suspeita.

MACHOS

Entre ser macho e ser machão, há uma diferença significativa. O machão fala alto. Só consegue conversar sobre futebol, carro e mulher. Geralmente é preconceituoso. Em hipótese alguma admite suas fraquezas. Acha a maior façanha meter o pé no acelerador, posa de herói 24 horas por dia, só abre a boca para contar vantagem e sustentar o estereótipo. Precisa confirmar publicamente o sexo que tem, provavelmente porque acredita que os outros desconfiem que ele, em casa, corra aos gritinhos quando vê uma barata. Ninguém está dizendo nada, e ainda assim ele sente necessidade de esfregar na cara de todo mundo seu parentesco com o homem das cavernas. Há um forte componente de insegurança nesse rei das selvas.

Ser macho, por sua vez, não é apenas uma afirmação de masculinidade: é uma afirmação de coragem, valentia e determinação, que são características associadas ao mundo adulto masculino, mas não só a ele. Rita Lee compôs uma música, *Pagu*, em que diz: "Sou mais macho que muito homem". Você já deve ter escutado na voz de Maria Rita, e olhe bem para ambas: duas doces criaturas.

Assim é. Um menininho de sete anos pode ser obrigado a enfrentar uma situação difícil e revelar que é muito macho.

Várias mulheres demonstram todo dia sua macheza: ao brigar por seu emprego, ao batalhar o sustento dos filhos, ao reivindicar seus direitos – e nem por isso deixam de ser femininas. Uma garotinha pode ser macho. Uma senhora de idade. Um gay.

    Semana passada o governador de Nova Jersey, nos Estados Unidos, reuniu a imprensa para comunicar sua renúncia, justificando-a: havia sido infiel à sua mulher. E sublinhou: infiel com outro homem. Não estava renunciando apenas por ser gay, que isso em nada compromete o desempenho de um homem público, mas renunciando porque se sentia vulnerável para seguir ocupando o cargo. Tendo mantido segredo de sua condição sexual, ele estava agora sujeito a ser vítima de fofocas, falsas acusações e ameaças. Nos bastidores, sabe-se que ele estava sendo chantageado pelo ex-amante. Então o que ele fez? Foi de mãos dadas com a esposa enfrentar a opinião pública e revelar a verdade. James McGreevey, seu nome. Um governador americano que, ao contrário daqueles que disfarçam, tergiversam e saem pelos fundos, prestou contas da sua intimidade numa das situações mais embaraçosas que há. Pouca gente teria peito pra tanto. Foi mais macho que muito homem.

PROPAGANDA POLÍTICA

Muita gente reclama dos documentários do Michael Moore por causa de sua tendência a ser manipulador e sentimentalista. Assim como não havia necessidade de colocar a foto de uma menina vítima de arma de fogo na porta da casa do ator Charlton Heston (presidente da National Rifle Association) no documentário *Tiros em Columbine*, também não era necessário mostrar uma mãe lendo a carta de um filho morto na guerra do Iraque, em *Farenheit 11/9*, sem falar em diversas outras simplificações. Ainda assim, não se pode ficar sem assisti-lo.

Farenheit 11/9 é propaganda política. Visa intencionalmente prejudicar George W. Bush na campanha de reeleição à presidência dos Estados Unidos. E faz isso usando exatamente os mesmos recursos que candidatos no mundo inteiro usam para se eleger. É isso que a gente estranha. Estamos acostumados com propaganda pró. Propaganda contra é raridade.

Candidatos beijando criancinhas, visitando bairros carentes onde nunca mais colocarão os pés, prometendo mundos e fundos como se não houvesse problemas de verba, isso tudo não é manipulação? É e a gente reconhece como parte do processo. Eles estão tentando nos convencer de que são a melhor opção. Estão trabalhando a favor de si mesmos e, até prova em contrário, a favor da cidade. Ninguém discute a legitimidade disso.

Então surge um documentário que não é a favor de nada, é denunciativo, dedo-duro. Um documentário que quer derrubar em vez de eleger, que quer denegrir em vez de insuflar, que pretende acabar com a carreira de um político. Excitante e perturbador ao mesmo tempo.

Teríamos um mundo perfeito se todos falassem apenas a verdade, se não houvesse maquiagem (em todos os sentidos), truques de edição, música, piadinhas, enfim, se não houvesse a tal manipulação. Mas é preciso chamar a atenção, é preciso dizer "vem cá, me veja, me ouça", e aí o processo de sedução é o mesmo adotado em qualquer circunstância, inclusive nas aproximações amorosas. Você coloca sua melhor roupa, ensaia sua melhor conversa e nem sob tortura conta que repetiu a oitava série três vezes e que é um ciumento crônico, ao menos não no primeiro encontro. É ou não é assim?

Não nos façamos de inocentes. Michael Moore pretendia colocar o dedo na ferida e colocou, contando com os recursos de que dispunha: testemunhais, trilha sonora, animação, imagens de arquivo, choques de realidade. Se a gente aceita isso do Duda Mendonça, por que não de Moore? Um diz "vote", outro diz "não vote".

Sem falar que o assunto Bush interessa ao mundo inteiro, não só ao povo americano. Se Michael Moore citou fatos inverídicos, processo nele. Enquanto ninguém reclama nos tribunais, viva ele, que ser do contra nunca foi tão emergencial.

MONEY, MONEY

Eu gosto de dinheiro, você também gosta, todo mundo gosta. Não é pecado nenhum. O dinheiro possibilita que a gente viva com dignidade e prazer, e tanto uma coisa quanto a outra é de primeira necessidade. Mas há um limite entre o que se deve e o que não se deve fazer por dinheiro. Trabalhar por dinheiro? Básico. Apostar na loteria? Se você tem sorte, tente. Uma herança? É justo. Mesada? Sendo pirralho demais pra trabalhar, ok, mesada. E vamos encerrando o primeiro parágrafo por aqui, porque agora vem a parte podre, chamada ganância.

Cerca de 450 pessoas morreram num incêndio dentro de um supermercado paraguaio porque os seguranças trancaram as portas para ninguém sair sem pagar. "Vamos lá, todo mundo se coçando, nada de desculpa, que fogo, o quê." Ainda que os seguranças não tenham dimensionado o tamanho da encrenca, ainda assim, por breves instantes, foi isso que passou pela cabeça deles: o patrão não pode ter prejuízo senão nosso emprego dança.

Dias depois dessa tragédia, uma peruana viajava num ônibus quando este foi assaltado. Os ladrões entraram no veículo e começaram a recolher dinheiro e outros pertences dos passageiros. Ela, lá no fundo, no banco de trás, tinha

800 dólares na bolsa. Antes que eles chegassem perto, ela não teve dúvida: engoliu as notas todinhas, a seco, sem água, gelo e limão. Não avaliou os riscos. Se os ladrões a vissem fazendo isso, poderiam ter se irritado e atirado nela – a gente sabe que um marginal armado não é exatamente um exemplo de candura. Mas não foi o que aconteceu, felizmente. O desfecho foi que a cidadã foi parar no hospital para uma lavagem estomacal. Da grana, nunca mais se teve notícia.

Mulheres sonham engravidar de sujeitos que elas conhecem de ouvir falar – um tal de Romário, um tal de Ronaldinho, um tal de Diego. Homens, da mesma forma, procuram aproximar-se de quem possa lhes abrir portas – de preferência, do cofre. Pessoas ostentam. Pessoas vivem em desacordo com sua realidade. Pessoas fazem trambiques. Pessoas mantêm relações de interesse. Pessoas se humilham, se vendem, se prostituem das mais diversas formas. Por quê? Porque nada mais faz sentido nesta vida senão o dinheiro. E quanto mais vivemos em função dele, mais miseráveis ficamos.

A PANCADA NO DIA SEGUINTE

Nas poucas vezes em que assisto a lutas de boxe ou campeonatos de vale-tudo, fico boquiaberta com a resistência dos atletas. Apanham feito um bife de terceira, o nariz sangra, os hematomas explodem pelo rosto, mas dor, pra valer, parecem não sentir. E não sentem mesmo. Popó certa vez disse, em uma entrevista, que na hora a pancada não dói, só dói no dia seguinte. Por que seria diferente com ele, se com todos nós funciona assim?

"A surpresa é o melhor analgésico", já escrevia V. S. Naipaul no livro *Uma casa para o Sr. Biswas*. Na hora do susto, quando a pancada vem, não se sente dor alguma. O choque anestesia a brutalidade do gesto.

Sinto muito, o senhor está demitido. Contenção de despesas. Passe no departamento pessoal e acerte suas contas. Na hora, o que você pensa? Tudo bem, não queria mesmo esse emprego, posso ganhar melhor em outro lugar, eles ainda vão sentir falta de mim. E volta pra casa confiante, achando que o destino está lhe dando uma oportunidade para progredir. Até que na manhã seguinte você acorda no horário de sempre e descobre que não tem para onde ir. Começa a pensar nas verdadeiras razões da demissão. Que contenção de despesa, que nada. Não acreditaram na sua capacidade. Agora é pegar o jornal e procurar nova colocação, aos 45 anos de idade, neste país em eterna crise de emprego. Atingiram você em cheio na sua autoestima, e só então começa a doer.

Vi sua ex-namorada ontem com um cara no cinema, ela está mais linda do que nunca, e parecia feliz. É mesmo? Bom pra ela. Sua reação não poderia ser outra: desdém absoluto. Foi você que terminou o namoro, era você que não queria mais ficar preso a uma relação tão asfixiante. Ela tem outro. Menos mal, assim larga do seu pé. Porém, na manhã seguinte, você acorda com um mau humor insuportável, e nem pode alegar uma TPM. Sai rugindo para todos que atravessam o seu caminho, passa o dia sem fome, uma vontade de não ver ninguém. Com as defesas em baixa, você começa a acusar o golpe.

E assim é: alguém lhe diz um desaforo e você fica sem reação, alguém deixa de convidá-lo para uma festa e você diz que não dá a mínima, e no entanto tudo isso vai machucar horas mais tarde, quando a pancada tiver sido absorvida. Das coisas mais triviais às mais violentas, a dor demora mas chega, pra não nos deixar esquecer.

AS GAROTAS DO CALENDÁRIO

Alguns filmes americanos são muito bons, pena que incutem no mulherio metas irrealistas. Ficam todas tentando parecer a Nicole Kidman, a Cameron Diaz ou a Uma Thurman, o que deve dar um trabalho danado. Por isso, nada como um bom filme inglês para nos trazer de volta à realidade e lembrar que a única fórmula da juventude que funciona é ter saúde e bom humor.

Eu já havia adorado o filme *O barato de Grace*, que conta a história de uma mulher na meia-idade, moradora de um vilarejo no interior da Inglaterra, cujo marido morre e lhe deixa um punhado de dívidas como herança. Como último recurso para salvar a casa onde mora, ela, uma jardineira de mão-cheia, acaba topando responsabilizar-se por uma plantação de maconha, e a partir daí é diversão garantida.

Pois o mesmo diretor de *O barato de Grace*, Nigel Cole, voltou a escolher a mulher de meia-idade, sem atrativos espetaculares, para protagonizar sua mais recente obra. Só que agora não é uma, são várias mulheres. *Garotas do calendário* é programa obrigatório para quem gosta de filmes divertidos, humanos e inteligentes, sem parafernália tecnológica nem lição de moral no fim. Baseado num fato verídico, conta a história de algumas senhoras entre 50 e 70 anos, moradoras da zona rural de Yorkshire, que resolvem levantar fundos a fim de investir no hospital da região, e para isso decidem posar nuas para um calendário.

As fotos, diga-se, não mostram nus frontais, é tudo sugerido, porém ultrassexy, desmistificando esta história de que só há um tipo de padrão de beleza e ele só está disponível para jovens. Mas isso nem é o mais importante do filme. O que realmente excita é ver mulheres se libertando de sua inibição, rejuvenecendo-se através do riso e da amizade, escapando de estereótipos e possibilitando que seus maridos e filhos as enxerguem de uma forma diferente – e tudo isso, repare bem, não atrás de fama e sucesso, mas por beneficência.

No entanto, a fama e o sucesso acabam chegando de surpresa, e a partir daí o filme ganha nova perspectiva. As mulheres passam a ser assediadas pela imprensa, gravam entrevista para o *Tonight Show* em Los Angeles e são convidadas a estrelar comerciais de tevê, tudo o que uma modelo de pôster central sonha na vida. Ainda bem que o conceito de sucesso não é o mesmo para todos, e nisso o filme também nos traz de volta à realidade. Sucesso é estar de bem consigo mesmo, é valorizar seus afetos, é se divertir com o inusitado da vida, e não ficar à mercê de sanguessugas.

Garotas do calendário: anote. Um filme irreverente, que mostra como as noções de decoro e pudor podem ser reavaliadas, e que nos deixa face a face com as contribuições do tempo: que ele passe, ora bolas, e tire dos nossos ombros todas as culpas e angústias que a gente bobamente acumula. Segundo um personagem masculino do filme, as mulheres de

Yorkshire são como as flores, é na etapa final que ficam mais gloriosas. Simpático, esse cara. Não sei se a pós-meia-idade é a fase mais gloriosa, mas deveria ser a mais leve. E isso não se injeta, se conquista.

INTERROMPENDO AS BUSCAS

Assistindo ao ótimo *Closer – Perto demais*, me veio à lembrança um poema chamado "Salvação", de Nei Duclós, que tem um verso bonito que diz: "Nenhuma pessoa é lugar de repouso". Volta e meia esse verso me persegue, e ele caiu como uma luva para a história que eu acompanhava dentro do cinema, em que quatro pessoas relacionam-se entre si e nunca se dão por satisfeitas, seguindo sempre em busca de algo que não sabem exatamente o que é. Não há interação com outros personagens ou com as questões banais da vida. É uma egotrip que não permite avanço, que não encontra uma saída – o que é irônico, pois o maior medo dos quatro é justamente a paralisia, precisam estar sempre em movimento. Eles certamente assinariam embaixo: nenhuma pessoa é lugar de repouso.

Apesar dos diálogos divertidos, é um filme triste. Seco. Uma mirada microscópica sobre o que o terceiro milênio tem a nos oferecer: um amplo leque de opções sexuais e descompromisso total com a eternidade – nada foi feito pra durar. Quem não estiver feliz, é só fazer a mala, sair e bater a porta. Relações mais honestas, mais práticas e mais excitantes. Deveria parecer o paraíso, mas o fato é que saímos do cinema com um gosto amargo na boca.

Com o tempo, nos tornamos pessoas maduras, aprendemos a lidar com as nossas perdas e já não temos tantas ilusões. Sabemos que não iremos encontrar uma pessoa que, sozinha, consiga corresponder a 100% de nossas expectativas – sexuais, afetivas e intelectuais. Os que não se conformam com isso adotam o rodízio e aproveitam a vida. Que bom, que maravilha, então deveriam sofrer menos, não? O problema é que ninguém é tão maduro a ponto de abrir mão do que lhe restou de inocência. Ainda dói trocar o romantismo pelo ceticismo, ainda guardamos resquícios dos contos de fada. Mesmo a vida lá fora flertando descaradamente conosco, nos seduzindo com propostas tipo "leve dois, pague um", também nos parece tentadora a ideia de contrariar o verso de Duclós e encontrar alguém que acalme nossa histeria e nos faça interromper as buscas.

Não há nada de errado em curtir a mansidão de um relacionamento que já não é apaixonante, mas que oferece em troca a benção da intimidade e do silêncio compartilhado, sem ninguém mais precisar se preocupar em mentir ou dizer a verdade. Quando se está há muitos anos com a mesma pessoa, há grande chance de ela conhecer bem você, já não é preciso ficar explicando a todo instante suas contradições, motivos, desejos. Economiza-se muito em palavras, os gestos falam por si. Quer coisa melhor do que poder ficar quieto ao lado de alguém, sem que nenhum dos dois se atrapalhe com isso?

Longas relações conseguem atravessar a fronteira do estranhamento, um vira pátria do outro. Amizade com sexo também é um jeito legítimo de se relacionar, mesmo não sendo bem encarado pelos caçadores de emoções. Não é pela ansiedade que se mede a grandeza de um sentimento. Sentar, ambos, de frente pra lua, havendo lua, ou de frente pra chuva, havendo chuva, e juntos fazerem um brinde com as taças, contenham elas vinho ou café, a isso se chama trégua. Uma relação calma entre duas pessoas que, sem se preocuparem em ser modernas ou eternas, fizeram uma da outra seu lugar de repouso. Preguiça de voltar à ativa? Muitas vezes, é. Mas também, vá saber, pode ser amor.

A NOSSA BIOGRAFIA

Gostei da entrevista que a atriz Jane Fonda deu para divulgar sua biografia recém-lançada – *Minha vida até aqui*. Aliás, excelente título. Geralmente biografias pressupõem um início, um meio e um fim. Jane Fonda deixou em aberto o fim: aos 67 anos, ainda pretende colecionar aventuras e emoções para quem sabe publicar uma Parte Dois.

Não li o livro, mas na entrevista ela diz que seu casamento com o deputado Tom Hayden, a certa altura, deixou de dar certo, e como ela não quis admitir o fracasso, optou então por se divorciar dos seus sentimentos.

Quantas vezes fazemos exatamente isso: em vez de assumir que estamos cansados, frustrados, derrubados por uma desilusão, optamos por fingir que está tudo na mais perfeita ordem e, para não passar pelo estresse de romper um casamento/pedir demissão/trocar de cidade/ou o que for, a gente simplifica: se divorcia do que está sentindo – ou seja, de nós mesmos. E botamos um farsante pra existir no nosso lugar.

Romper – o que quer que seja – não é fácil. E tampouco é um ato solitário. Ao se divorciar de sua mulher ou marido, você inevitavelmente envolverá os sentimentos dos seus filhos e de seus familiares, pra citar apenas os mais chegados.

Sua decisão vai interferir na rotina dos outros. Fará com que eles sofram junto com você. Se deseja largar o emprego, do mesmo modo: não é só você que estará se arriscando ao trocar estabilidade por incerteza. As pessoas que dependem de você também estarão arcando com as consequências dessa sua escolha. Assim é: todos os laços que desejamos cortar repercutem nas pessoas que amamos, o que torna tudo mais difícil. Se você não é exatamente uma pessoa raçuda, acaba se acomodando e optando pelo mais fácil: rompe com seus próprios sentimentos. Se anula. Faz de conta que sua infelicidade não existe. Abandona suas dores no quarto dos fundos e abre um sorriso pro mundo como se nada de errado estivesse acontecendo. Não dá pra negar que é uma atitude nobre, se a intenção é manter a paz à sua volta, mas escuta: você não conta? Os outros são assim tão fracos que não podem segurar uma onda pesada com você, uma onda que, segundo Lulu Santos e Nélson Motta, passa e sempre passará?

Quando fazemos uma escolha, qualquer escolha, estamos dizendo sim para um lado e dizendo não para o outro. Então, algum sofrimento sempre vai haver. Não adianta se autoproclamar o herói da resistência contra o fracasso. Todo mundo fracassa em alguma coisa. Melhor enfrentar isso, como lá pelas tantas fez a eterna Barbarella, que trocou Tom Hayden por Ted Turner.

Isso, claro, no caso de não querermos encerrar nossa biografia antes da hora.

AS AMBULÂNCIAS

Era uma moça simples, ainda entusiasmada com tudo o que via, e chegou de viagem como quem havia chegado da lua, fazia tempo que eu não testemunhava tamanha euforia. Então, gostou de Nova York? Muito moderno, ela disse, muito moderno. Logo imaginei aquela menina encantada com as calçadas largas, com os prédios longos, com tudo o que havia por lá de vidro e concreto, e talvez o barulho. O barulho, ela confirmou, o barulho. Ruídos dos automóveis? Não, ela respondeu. Das ambulâncias! O olhar de puro brilho era de quem tinha dito carruagens, mas ela havia dito ambulâncias. Em qualquer ponto da cidade, de onde quer que se esteja, impossível deixar de escutar, há sempre uma sirene gritando, misturando-se ao som ambiente. Uma sirene, duas sirenes, são tantas, vindas de tão longe, aproximando-se, sendo escutadas sem serem vistas, muito moderno, muito.

Onde a moça vive não tem avenida, é cidade do interior, menor. Lá, ensurdecedor é o canto dos pássaros, o ruído dos cascos no paralelepípedo, algum rádio ligado na casa vizinha. O posto de saúde é logo ali na esquina, todo mundo entra e sai sem alarde, os doentes chegam a pé, parece até que as doenças graves sabem que não devem acontecer naquele canto do mundo, porque com gravidade a cidade não lida, é pouco médico, pouco remédio, e quando o troço é sério de nada adiantam os chás e as rezas.

Então as sirenes, pra ela, passaram por música, sinônimo de urbanidade, lá vai um cardíaco para a mesa de operação, lá vai um garoto que bebeu na direção, lá vai uma fratura exposta, uma facada nas costas, uma falta de ar ou um motorista de folga a se exibir para a namorada: olha só como eu abro passagem. Lá vão elas, as ambulâncias, com suas luzes piscantes e seus nomes escritos de trás pra frente, recolher corpos caídos do décimo sétimo andar, oferecer oxigênio para quem enfrentou um escapamento de gás, prestar primeiros socorros pra quem não teve a quem chamar. Voam na contramão, estacionam em qualquer lugar, atravessam os portões abertos dos hospitais, preenchendo as ruas com suas sirenes ligadas, avisando que se está em busca de gente pra ajudar, porque só na cidade grande há tanto motivo pra se estressar, pra enfartar, pra brigar, pra estourar, pra chegar assim tão rente ao inferno.

Muito moderno, muito.

FALHAR NA CAMA

Pobres entrevistadores, profissão difícil a deles. Na falta de assunto, são obrigados a perguntar para o entrevistado coisas estapafúrdias como "você já falhou na cama?". E os convidados respondem, que gente educada. Um conhecido cantor, semana passada, disse num programa de tevê que também já havia falhado. É natural. Aliás, esse tipo de falha nem deveria mais entrar em pauta, já que seres humanos se cansam, se estressam, ficam ansiosos, e isso tudo também acaba embolado nos lençóis. Brochar não é falha, é no máximo uma frustração momentânea, e passa. Falhar na cama é outra coisa.

Quando um casal tira a roupa e se deita juntos, as regras passam a ser determinadas por eles e ninguém mais. Não há certo nem errado, tudo é permitido, desde que com o consentimento de ambas as partes. Consentiu? Então vale sadomasoquismo, fantasias eróticas, lambuzamentos, ménages a trois, a quatro, a cinq... vale o que der prazer, vale o combinado.

O que não vale é forçar a barra. O que não pode é haver imposição de uma prática com a qual um dos dois não concorda. O que não se admite é violência e brutalidade, a não ser que elas façam parte do cardápio sexual do casal. Se não fizer, é estupro. Isso é falhar na cama.

Não vou dizer que falta de amor também é falha, porque não é. Muitas vezes o amor não é convidado para a festinha. Não é preciso amar. Não é preciso nem fingir que ama, todo mundo é adulto e deve saber mais ou menos o que esperar do encontro. Mas, mesmo não amando, não custa ser carinhoso. Não custa, depois do embate terminado, ter um pouco de paciência, não sair correndo como se fosse perder o último ônibus da madrugada. Não custa lembrar do nome da pessoa com quem você esteve há cinco minutos gemendo agarradinho. Não custa dizer que foi bom pra você. Se não foi, considere essa mentirinha a boa ação do dia. Pra que dizer que vai denunciar a criatura pro Procon por propaganda enganosa? Não seja grosseiro. Isso é falhar na cama.

O resto está liberado pra rolar. Inclusive, não rolar.

ESCONDERIJO CONJUGAL

No livro *Monogamia*, do psicanalista Adam Philips, há um trecho em que ele diz que o esconderijo mais aconchegante é aquele em que conseguimos esquecer do que estamos nos escondendo. Mais: é aquele em que até esquecemos que estamos escondidos. E conclui: "Formamos casais porque é impossível se esconder sozinho".

O casamento como esconderijo. Eu nunca havia pensado nisso.

Uma pessoa avulsa é uma pessoa com sua solidão escancarada, é uma pessoa que necessita fazer contatos e explicar quem é, o que faz, do que gosta. Uma pessoa sozinha é visada, está exposta, julgam que ela tem mais tempo, está mais disponível, uma pessoa sozinha não tem onde se esconder. Já duas pessoas juntas escondem-se das fantasias e do julgamento alheio, se escondem de sua própria vulnerabilidade e dos seus próprios segredos, duas pessoas juntas protegem-se oficialmente, mesmo sem ter a consciência de que sua união também é isso, um esconderijo.

A sociedade costuma cobrar relações amorosas daqueles que escolheram viver sozinhos, ou que estão sozinhos por contingência do destino. Os solitários, os ermitãos, os donos da própria vida são tratados como se estivessem à margem, mas são os casados os verdadeiros excluídos, porque uma vez cumpridores de uma expectativa social, perdem seu potencial para surpreender, não chamam mais a atenção, passam a ser apenas fazedores de filhos e de dívidas, consumidores de imóveis de três dormitórios e carros utilitários, viram alvo apenas das corretoras de seguro e dos agentes de viagem. Dentro de um casamento, julga-se que há duas pessoas realizadas, completamente a salvo da angústia existencial, da carência afetiva, dos traumas de infância, da insanidade, do vício e dos ímpetos – imagine, ímpetos: casais jamais ousariam fazer algo sem pensar, sem conversar muitas vezes antes, durante e depois do jantar.

A solidão, que sempre pareceu nos proteger, na verdade nos coloca no centro das atenções, permite que coloquem o dedo nas nossas feridas. Já o casamento nos tira da prateleira, nos resguarda, nos esconde tão bem e tão sem alarde que a gente nem percebe que está escondido. Que ironia: o casamento é que é underground.

DIVAGAÇÕES SOBRE A MORTE

Hoje é Dia de Finados, dia de ressuscitar um pouco aqueles que a gente tanto amou um dia. Quando levamos flores no cemitério ou mandamos rezar uma missa, estamos dando aos nossos mortos um pouco de vida através da nossa memória. Morto, mesmo, está quem não é lembrado.

*

Visitar cemitérios, em algumas cidades, é passeio turístico, dependendo da suntuosidade dos mausoléus e dos mortos ilustres ali enterrados. É o caso do cemitério de Père-Lachaise, em Paris, e o da Recoleta, em Buenos Aires. Não acho mórbido, mas também não vejo graça. Aliás, não consigo nem mesmo me emocionar ao visitar as casas onde viveram grandes artistas. Não consigo glorificar o chão onde pisou Mozart ou as canetas que Freud usava para fazer anotações. Não me comove a cama onde dormiu Napoleão ou os vestidos usados pela princesa Diana, a despeito de toda informação histórica recebida. Faz pouco tempo, passei em frente à casa onde viveu Hitchcock, em Londres. Ele saía todo dia por aquela porta, caminhava pela mesma calçada em que eu estava. Mas não senti nenhum arrepio, nada que se comparasse às sensações provocadas por seus filmes. Cultuo a obra, as ideias de uma pessoa, suas conquistas, mas não os seus talheres ou escrivaninhas. Diante da enormidade de uma herança emocional, intelectual ou artística, pouco me importam os móveis e utensílios, são curiosidades visitadas, material de estudo, mas não de reverência. Nessas horas é que eu vejo que a morte tem um adversário à altura: a vida. Esta me interessa imensamente, principalmente as que estão em plena vigência de contrato.

*

Quem nunca imaginou o próprio enterro? Quem iria, quem não iria, quem sentiria de verdade a nossa falta, quem estaria lá só por conveniência social, o que o padre diria, e se o caixão estaria aberto ou fechado. Entendo a necessidade de os parentes e amigos se despedirem, mas, convenhamos, nada pode ser mais invasivo do que nos espiarem quando já não existimos mais.

*

E que tipo de morte desejamos, se é que cabe aqui empregar o verbo desejar? Nisso somos todos iguais: que demore muito pra acontecer, mas que, chegada a hora, seja breve. Uma morte sem rodeios.

O MOTOBOY E OS FOGOS DE ARTIFÍCIO

Quinta-feira, 20h30, o céu já escuro sobre a cidade. Parei num posto de gasolina para abastecer meu carro. Um motoboy estacionou bem perto de mim, fez uma entrega na loja de conveniência do posto e voltou apressado para a sua moto. Mas antes de chegar até ela, olhou pro céu e viu. Havia fogos de artifício que espocavam de trás de alguns prédios, fogos de artifício coloridos que vinham não se sabia de onde. Eram ralinhos, humildes, e poucos: a comemoração não haveria de ser tão significativa. Mas o motoboy parecia que estava vendo a torre Eiffel iluminada pela primeira vez.

Uma quinta-feira que não era Natal, Ano-Novo, dia de final de campeonato. Alguém estaria comemorando o nascimento de um filho? Pouco provável, não se comemora a chegada de um bebê com barulho. Talvez algum estudante estivesse comemorando uma nota salvadora no boletim, ou talvez fosse algum gremista gastando fogos vencidos – fogos hão de ter prazo de validade também. Não, nada de tripudiações: provavelmente era o aniversário de uma escola. Havia uma escola bem perto, os fogos poderiam estar sendo disparados de um pátio.

O fato é que razão era o que menos importava naquela hora. O motoboy não conseguia desgrudar os olhos do céu, e eu não conseguia desgrudar os meus dele, porque é uma raridade a gente se deparar com alguém emocionado, ainda mais numa quinta-feira, ainda mais no final de um dia cansativo, ainda mais num posto de gasolina, ainda mais por um motivo que a gente não consegue adivinhar.

Nossas cabeças estão sempre olhando pra baixo, para os próprios passos, para o caminho a percorrer. Fogos de artifício nos retêm. Erguem nossas cabeças, iluminam o que é escuro, capturam a gente de uma realidade burocrática, repetitiva, sem festa. Fogos de artifício são sinalizadores, há alguém feliz bem próximo, e está repartindo esse estado de espírito com você, que não viveu nada de extraordinário hoje, que estava louco pra chegar em casa, tirar a roupa suada, tomar um banho e ver um pouco de televisão.

Não era a chegada do Papai Noel, não era inauguração de loja, não era show dos Rolling Stones, não era nem mesmo atraente, umas faíscas vermelhas e verdes que eram quase como sinais de trânsito que tivessem sofrido um curto-circuito, mas eram fogos de artifício, e o motoboy não conseguiu se mexer, ficou estático e emocionado olhando aquilo como se tivesse vendo a Ana Hickman nua ou o lançamento de um foguete: vidrado, encantado, hipnotizado – como a gente deveria às vezes ficar diante do inusitado.

QUANTOS ANTES DE MIM?

O casal começa a namorar, a intimidade vai aumentando com o passar dos dias, até que um dos dois resolve fazer aquela pergunta infalível, assim, como quem não quer nada: amor, com quantas pessoas você já transou?

É fria. Não responda. Diga que acaba de se lembrar do velório do hamster do vizinho, diga que estão esperando você para organizar a festa de formatura da sua irmã, suma e só apareça no dia seguinte. Ou então diga que sofre de amnésia. "Amnésia sim, não contei pra você? Não lembro nem o que eu comi ontem..." (e muito menos quem).

A verdade é honrosa, mas nem sempre é necessária. A troco de que querem saber com quantas pessoas você transou? Ninguém nunca pergunta quantas doações você já fez para entidades assistenciais ou quantas vezes emprestou dinheiro para seus amigos. Por que esse papo estranho agora? Seja qual for sua resposta, você não vai corresponder às expectativas, isso é certo.

Se você é homem, solteiro e está na casa dos 30 anos pra cima, certamente ela não espera que você seja um monge. Caso você seja, talvez valha a pena aumentar um pouquinho suas façanhas, para aparentar ser mais desejável. Já se você for um don juan com muita quilometragem, reduza. E se você não tem a menor ideia de com quantas pessoas já transou, invente um número de 10 a 20. Não: de 20 a 30. Ah, sei lá, eu disse que era melhor fugir.

Se você é mulher, a complicação é ainda maior. Por mais moderno que seu namorado aparente ser, no fundo, no fundo, ele espera, sim, que você seja uma santa. Não tolera a ideia de ser comparado com os antecessores. Se você disser a verdade, ele vai dizer: "Ah, 26? Ótimo, adoro mulheres experientes", e sairá da sua casa direto pro bar, em busca de um coma alcóolico. Se você disser que foi só um – e pode muito bem ser verdade –, ele vai pensar que você está de gozação, que foram mais de 300. Uma curiosidade: pesquisas revelam que a maioria das mulheres responde que foram 9. Se é verdade ou não, ninguém sabe, mas a maioria responde 9. Melhor não entrar na casa dos dois dígitos.

O fato é que ninguém ficará satisfeito com a resposta. Portanto, não pergunte, não responda. Diga que antes de conhecê-la(o) você não viveu e sugira logo uma meia muzzarela, meia calabresa pra encerrar o assunto.

A MINHA FELICIDADE NÃO É A SUA

No mais recente livro de Carlos Moraes, o ótimo *Agora Deus vai te pegar lá fora*, há um trecho em que uma mulher ouve a seguinte pergunta de um major: "Por que você não é feliz como todo mundo?". A que ela responde mais ou menos assim: "Como o senhor ousa dizer que não sou feliz? O que o senhor sabe do que eu digo para o meu marido depois do amor? E do que eu sinto quando ouço Vivaldi? E do que eu rio com meu filho? E por que mundos viajo quando leio Murilo Mendes? A sua felicidade, que eu respeito, não é a minha, major".

E assim é. Temos a pretensão de decretar quem é feliz ou infeliz de acordo com nossa ótica particular, como se felicidade fosse algo que pudesse ser visualizado. Somos apresentados a alguém com olheiras profundas e imediatamente passamos a lamentar suas prováveis noites insones causadas por problemas tortuosos. Ou alguém faz uma queixa infantil da esposa e rapidamente decretamos que é um fracassado no amor, que seu casamento deve ser um inferno, pobre sujeito. É nessas horas que junto as pontas dos cinco dedos da mão e sacudo-a no ar, feito uma italiana indignada: mas que sabemos nós da vida dos outros, catzo?

Nossos momentos felizes se dão, quase todos, na intimidade, quando ninguém está nos vendo. O barulho da chave da porta, de madrugada, trazendo um adolescente de volta pra casa. O cálice de vinho oferecido por uma amiga com quem acabamos de fazer as pazes. Sentar no cinema, sozinho, para assistir ao filme tão esperado. Depois de anos com o coração em marcha lenta, rever um ex-amor e descobrir que ainda é capaz de sentir palpitações. Os acordos secretos que temos com filhos, netos, amigos. A emoção provocada por uma frase de um livro. A felicidade de uma cura. E a infelicidade aceita como parte do jogo – ninguém é tão feliz quanto aquele que lida bem com suas precariedades.

O que sei eu sobre aquele que parece radiante e aquela outra que parece à beira do suicídio? Eles podem parecer o que for e eu seguirei sem saber de nada, sem saber de onde eles extraem prazer e dor, como administram seus azedumes e seus êxtases, e muito menos por quanto anda a cotação de felicidade em suas vidas. Costumamos julgar roupas, comportamento, caráter – juízes indefectíveis que somos da vida alheia –, mas é um atrevimento nos outorgarmos o direito de reconhecer, apenas pelas aparências, quem sofre e quem está em paz.

A sua felicidade não é a minha, e a minha não é a de ninguém. Não se sabe nunca o que emociona intimamente uma pessoa, a que ela recorre para conquistar serenidade, em quais pensamentos se ampara quando quer descansar do mundo, o quanto de energia coloca no que faz, e no que ela é capaz de desfazer para manter-se sã. Toda felicidade é construída por emoções secretas. Podem até comentar sobre nós, mas nos capturar, só se permitirmos.

O AMOR DE VOLTA

O filme francês *Confidências muito íntimas* é uma boa dica de cinema. Não é nenhuma obra-prima, mas traz duas excelentes atuações dos protagonistas, e o tema é, pra dizer o mínimo, interessante. Uma mulher vai pela primeira vez ao psiquiatra mas se engana de porta e entra no consultório de um contabilista, e antes que ambos se deem conta do engano, ela já está contando sua vida pro homem. A partir daí, estabelece-se uma ligação forte entre eles, que não conseguem mais deixar de se ver, mesmo quando o engano já foi desfeito. Partem para uma terapia sem terapeuta, onde basta um interlocutor para amenizar a solidão de ambos.

Toda essa introdução é para citar uma frase do filme. O casamento da mulher está desabando, e o contabilista, a certa altura, comenta sobre a liberdade que nos acena quando um amor termina, no que ela responde que não quer a liberdade de ser sozinha, e sim a liberdade de ter seu amor de volta.

O amor de volta. Você não anda com saudades dele? O amor desapareceu. Evaporou. Virou obsoleto amar. Casais se unem, agora, por desejo instantâneo, por oportunidade e por conveniência. A paixão ainda mantém um certo status, todo mundo deseja uma paixão pra agora, saída do forno, mas amor... eca. O amor deixou de ser fotogênico e inspirador. Já deu os versos que tinha que dar. O amor demora para acontecer e depois dura demais. Quem tem paciência e tempo para se dedicar a uma só pessoa? O amor faz sofrer, faz chorar, e além disso não rende fofoca, notícia, o amor está fora de moda, como se fosse uma ombreira, uma franja reta, não se usa mais.

Amor, uma palavra tão bonita, agora anda soando até meio cafona. Sobrevive em campanhas publicitárias de Dia das Mães, e olhe lá. A impressão que dá é que esse sentimento só atrapalha. Charles e Camilla, coitados, sabem do que estou falando. Levaram mais de três décadas para conseguir se unir, enfrentaram reis e súditos, foram alvo de acusações conspiratórias e gozações de todos os chargistas do planeta, e até tiveram que pedir desculpas públicas por seus pecados, todo esse circo por quê? Porque não se atualizaram. Estão pagando até hoje por serem insistentes.

Se você ainda tem um amor escondido no armário, no fundo de alguma gaveta, trancafiado em algum lugar, não jogue fora. Dê pra alguém que esteja precisando. Ou guarde. Sou uma otimista: a moda pode voltar.

O BRASIL NOITE

Acordo cedo e durmo cedo, a madrugada não é meu lugar, preciso de luz natural, não fotografo bem com flashes, não quero que me revelem, me escondo na claridade, onde todos se parecem.

Diurna, mas nem tão entusiasmada que goste do som de Elba Ramalho, Ivete Sangalo, Daniela Mercury. É onde minha brasileirice destoa, não sou de pular e jogar os braços pra cima, entrar no clima de qualquer festa, subir em trem elétrico. Até gosto de verde, mas amarelo, detesto.

Fico meio avexada quando leio sobre a nova Daslu, sobre os novos namorados de celebridades geradas do nada, entediada com fotos de debutantes, geração xerox, todas exatamente iguais, nem os pais as reconhecem, onde você aparece, minha filha? Ninguém aparece, todos se repetem.

O Brasil colorido, suado, tropical, cartão-postal é o país onde nasci, mas me desenvolvi no avesso, numa clareira interna, invisível para quem está de fora. Da porta pra dentro ouço solos de guitarra e não preciso me vestir tão bem. De dia, meu país de fato brilha, mas onde eu me reconheço é no silêncio, na rua estreita, no aconchego da minha intimidade, onde dou de comer aos meus sentimentos.

Difícil ser brasileira sem fazer barulho, sem ter pernas pra mostrar, sendo agridoce e não salgada do mar.

Mas sou brasileira, e esta crônica nada mais é do que um reconhecimento de nacionalidade após ouvir o mais recente disco do Lobão, *Canções dentro da noite escura,* em que cada canção é pesada e ao mesmo tempo suave, parecem britânicas, porém brazucas, saídas de uma página arrancada da nossa história, a parte em que somos soturnos, carentes, suicidas, apaixonados, inquietos, dramáticos – não melodramáticos.

A alegria é uma conquista, é até mais importante do que a felicidade, mas alegria não é grito, não é aeróbica, não é refrão, não é pegadinha, não é pegação. Alegria é amar. E enfrentar a dor sem perder a poesia. Alegria é caminhar, não correr. Dar umas paradas a fim de ganhar tempo. Viver sem culpa. Ter um pouco de noite no seu dia. E muito dia no seu sono.

O disco será considerado bom por alguns, e ruim por outros. É assim com todos os discos, livros, filmes: eles capturam o freguês ou o deixam escapar. Fui de certa forma capturada, ganhei um greencard pra continuar no meu país sem precisar aderir ao ziriguidum e às festas no apê, um green--and-yellow card que me fez lembrar que há vida intensa na sombra também.

DIÁLOGO COMIGO MESMA

— Muito bem, garota, agora que você assistiu a *Mar adentro*, segue sendo favorável à eutanásia?

– Antes de mais nada, obrigada pelo "garota". Olha, quando a Holanda aprovou o projeto de lei que autorizava o suicídio assistido de enfermos que sofriam dores insuportáveis e cuja doença era irreversível, fui a favor. E mantenho minha opinião. Eutanásia não é assassinato, e sim uma maneira de proteger a vida, só que sob outro ponto de vista.

– Certamente não o ponto de vista da Igreja.

– Não. Sob o ponto de vista de quem está lá, deitado numa cama, sofrendo, desejando descanso e alívio. A Igreja não é uma pessoa, é uma instituição. Ela não tem como saber o que sente alguém que não consegue assoar o próprio nariz, pra dizer o mínimo.

– Não acredito que você defenda o direito de alguém decidir pelo fim da própria vida. No caso do personagem do filme, você viu: era um homem lúcido, carismático, com um humor refinado, com talento para escrever, capaz de encantar todos à sua volta, de dar e receber amor. Um homem necessário!

– Não era mais necessário para si mesmo. Foram mais de 28 anos deitado numa cama sem mover um dedo, um braço, uma perna. Dependendo dos outros para se banhar, se alimentar, fazer a barba, dar uma tragada num cigarro. Não estamos falando de 28 dias, estamos falando de 28 anos!! Quase três décadas sem movimento. A pessoa não tem o direito de dar um basta nisso?

– Não, não tem. Ele possuía parentes e amigos que cuidavam bem dele e o enchiam de afeto. Você não pode obrigar as pessoas que amam você a enterrá-lo vivo, a testemunhar sua partida rumo a uma morte escolhida. O que você acha que sente um pai nessa hora?

– O difícil é a gente se colocar no lugar de quem agoniza. É preciso entender que a morte, em casos muito específicos, pode ser a única via de libertação. Eu lutaria até o fim para impedir que alguém saudável tentasse o suicídio, por mais deprimido que estivesse, porque sei que a vida não é estática, nossos humores mudam, as dores psicológicas passam ou se transformam, mas para ele não existia essa possibilidade de mudança: ele sabia que seus próximos 20 anos seriam rigorosamente iguais aos últimos 20, um convívio martirizante com a autocomiseração e o tédio. Uma cabeça viva presa a um corpo morto. A gente não tem ideia do que seja viver assim. Alguns se conformam, se adaptam e conseguem até ser felizes. Mas o cara do filme não queria ser um super-herói, não tinha mais vontade de viver daquela forma indigna.

– Que indignidade? Uma cabeça viva é capaz de tudo. De criar, de se apaixonar, de fazer o bem. Indigno é a desistência.

– Mas você vai concordar: doentes terminais sem chance de sobreviver e que sofrem dores físicas terríveis merecem nossa compaixão, no caso de quererem morrer.

– Ninguém quer morrer.

– A não ser que já se sintam mortos.
– Não era o caso.
– Que petulância a nossa julgar se era ou não o caso.
– Assuntinho que nos divide, hein?
– Nem me fale, garota.

AMAR DOIS

Você ama João. E ama Jorge. E acha que está ficando louca.

Amenize esse diagnóstico. É possível – e nem tão raro assim – amar duas pessoas ao mesmo tempo. Este "ao mesmo tempo" lhe dói, não parece coisa de gente séria, mas lembre-se: você ama de maneiras diferentes. Ninguém possui o poder de saciar 100% outra pessoa. Nesses vácuos é que nascem outro amores.

Você ama João e sua ternura, ama João e seu poder tranquilizante, ama João e a segurança que ele lhe dá, ama João em baixa velocidade, ama João a passeio, apreciando a vista.

Jorge, ao contrário, é mais agitado, desperta em você ansiedade e adolescência, você ama o que Jorge faz com você, e do jeito que faz: com pegada, sedutoramente.

Você ama o que João tem de paz e o que Jorge tem de selvagem, você ama o que cada um deles lhe completa. O normal seria isso, amarmos mais de um para alcançarmos integralmente a nós mesmos, mas a regra é clara: não mesmo. Se vire com um só.

E a gente obedece, reza, livrai-nos de todo mal, ó Pai. Escolhe um, ama-o, mas sente falta de si mesmo, de desenvolver um outro lado que este amor único não atinge. Separa, casa de novo, agora é outro amor, ama, e ainda não se sente totalmente preenchida. Um dia acontece: dois amores. Um mais constante, outro de vez em quando. Um amor adulto, outro divertido. Um amor de infância; o outro, de aventura.

Tudo isso existe, persiste, insiste em acontecer. Tudo por baixo dos panos, tudo velado, mentido, confessado apenas nos consultórios de analistas e nas mesas de bar, entre amigos de muita confiança. Será que algum dia poderemos falar disso abertamente, em voz alta, fora dos livros, do cinema, na vida cotidiana da gente?

Enquanto ninguém se atreve, mulheres e homens que atravessaram a fronteira da monogamia seguem felizes da vida – e infelizes da vida.

OUTRO POR DENTRO

"Aquele ali tem outro por dentro." Ela disse isso com tanta amargura na voz que o ambiente tornou-se gélido. Não era um comentário, era uma sentença. O cara tinha outro por dentro. Quem estaria escondido em seu corpo? Um alien? O demo? Sem dúvida, algum cafajeste.

Certas expressões nascem carregadas de preconceito, e só levamos em conta seu lado pejorativo. Se alguém diz que você tem outro por dentro, está dizendo que você é mascarado, desonesto, que representa um papel que não é totalmente verdadeiro. Porém, pra variar, acho que a questão merece ser encarada com mais flexibilidade. Você, eu e a população mundial – bilhões no planeta – também temos outros por dentro, e não somos mascarados nem desonestos: somos humanos.

Onde foi parar a nossa autenticidade? Segue exatamente onde está. Somos autênticos batalhadores, autênticos cidadãos do bem, porém essa é a versão oficial, é a propaganda que divulgamos para o mercado externo, o nosso melhor. Somos verdadeiramente pessoas maravilhosas – ou, ao menos, pessoas muito bem intencionadas. Pagamos os impostos em dia, somos cordiais, damos passagem no trânsito, não compactuamos com a brutalidade dos dias e telefonamos para nossas avós para lhes aliviar a solidão. Mas há outros em nós. Há vários. Há todos aqueles que foram abafados, que não servem aos nossos objetivos, todos aqueles com quem, muitas vezes, nem simpatizamos, mas que existem. Seguem sendo nós, ainda que não batizados e sem firma reconhecida em cartório.

Na cama de um hospital, há em nós alguém saudável. Ao vencermos um campeonato, há em nós um fracassado. Apaixonados, há em nós um cético. Ao saltar de paraquedas, há em nós alguém que teme. No êxtase, há em nós um melancólico. Ao nos desresponsabilizarmos sobre nosso destino, outro lá dentro de nós assume a direção. Não estamos sós.

Há numa Maria uma Sheila, há num Celso um João, há numa Beatriz uma Sônia, e numa Verônica uma Verinha. Há em todas nós uma Leila Diniz, como já cantou Rita Lee. E sou capaz de apostar que há uma Rita Lee em várias beatas.

Por que isso seria falsificação? Há em mim um Woody Allen, uma Marília Gabriela, uma Lya Luft, um Nélson Motta, uma Madre Tereza e uma Rita Cadilac, e sou eu mesma, íntegra e inteira. Quantos rapazes cordiais não se transformam em homens das cavernas quando calçam uma chuteira e entram em campo? Quantas mulheres singelas não viram competitivas e agressivas numa mesa de canastra? Hitler tinha um músico sensível dentro dele. Pinochet traz um pai de família guardado no peito. Nenhum prejuízo para a nossa avaliação: seguimos sabendo quem eles são. E quem somos.

CHATA PRA COMER

Você conhece o tipo. Ela é uma graça de pessoa, excelente companhia para um cinema, para uma caminhada no calçadão, para uma balada dançante. Uma amiga querida. Mas não dá para convidá-la para almoçar na sua casa. É daquelas chatas pra comer.

A pessoa chata pra comer teve uma infância complicada neste setor: não comia nada. Criança que não gosta de legumes e verduras é normal, mas ela não gostava de cachorro-quente, não gostava de presunto e queijo, não gostava de banana, de doce de leite, de molho algum, nem de temperos, implicava com as cores e os cheiros dos alimentos, uma chata.

Deveria ter recebido, naquela época, os corretivos adequados, mas a mãe e o pai não quiseram se dar ao incômodo e agora está ela aí, adulta, simpática, bonita, inteligente, divertida, encantadora... mas chata pra comer.

A chata pra comer não consegue trocar de marca. Aos quatro anos de idade comeu um iogurte de determinada marca e nunca mais quis nem chegar perto de qualquer outra embalagem que não fosse aquela sua velha conhecida. Ela estranha muito os novos gostos, mesmo que a diferença seja imperceptível. E é assim com mostardas, maioneses, conservas, café em pó, sopas de pacote: ela é fidelíssima ao primeiro amor – quando há troca de nome ou fabricante, ela nem olha.

A chata pra comer é alérgica a frutos do mar. Implica com tudo que leve ovo. Tira todas as nervuras do bife, e também as bordas, não come as bordas nem do filé. A chata pra comer pergunta por ingredientes que ela não identifica. Tem cebola neste arroz? Tem champinhon neste estrogonofe? Tem palmito neste pastel? Tem bacon nesta batata? Ah, então não vou querer, obrigada. Ela é muito educada, a chata.

Ela também não come comida que seja regional. Sarapatel, carreteiro de charque, buchada de bode? Credo. Ela é fã de cozinha internacional de restaurante, a ver: suprema de frango, massa aos quatro queijos, camarão à grega. Ela é alérgica a frutos do mar, mas de camarão ela gosta. Frutos do mar, pra ela, são aquelas outras coisas nojentas: lula, mariscos, mexilhões.

A chata pra comer acha comida caseira sem graça. E o resto, sofisticado demais. Não gosta de nada muito apimentado nem muito salgado, nem de carnes estranhas como javali, pernil e pato, nem de molho agridoce, nem de comida crua, nem de cozinha étnica. Junkie food, tudo bem, desde que sem picles e catchup. Pizza? Margherita, superoriginal. Sobremesa? Não é chegada a doces.

A chata pra comer ao menos bebe. Se não bebesse, seria insuportável.

Mas ela não é insuportável: é gentil, espirituosa, culta, empreendedora, charmosa, e claro, sendo chatíssima pra comer, a desgraçada é magra.

LUZ, CÂMERA E OUTRO TIPO DE AÇÃO

Existem filmes de ação com tiroteios, velocidade, cenas multipicotadas, sustos, finais bombásticos, superproduções. De vez em quando, até gosto. Mas os filmes de ação que estão entre meus preferidos são aqueles que, aparentemente, não têm ação nenhuma.

Um bom exemplo é *Antes do pôr do sol*, que dá continuidade ao *Antes do amanhecer* e que finalmente entrou em cartaz. O filme é um blablablá ininterrupto entre um casal que caminha por Paris e discute a vida e a relação. Filme cabeça ou filme chato, rotule você. Mas não diga que não é um filme de ação.

Medo, suspense, aflição, expectativa: diálogos também provocam tudo isso. Como não se sentir especialmente tocado por uma jovem mulher que admite ter perdido a ilusão do amor e que passou a viver blindada, refratária a qualquer nova relação? Como não se sentir mexido quando um homem admite que casou porque todos casam, que passa 24 horas por dia infeliz e que a única coisa que lhe justifica a vida é o filho de quatro anos? O que pode ser mais mirabolante, impactante, desestabilizante, emocionante do que ver duas frágeis criaturas, um homem e uma mulher predestinados um ao outro, enfrentando a crueza da distância física e do tempo, e a irrealização de seus sonhos? Não se costuma catalogar essas pequenas crises existenciais como filmes de ação, mas elas me prendem na cadeira como nem uma dezena de *Matrix* conseguiria.

Luz, câmera, ação: e então filma-se o silêncio entre um homem e uma mulher que não se veem há nove anos, e então filma-se todas as dúvidas sobre se devem se tocar ou não, se beijar ou não. Então filma-se o papo inicial, cauteloso, até que chega a hora da explosão, dos desabafos, das acusações e do quase-choro. Então filma-se o que poderia ter sido – especulações – e o que será daqui por diante – especulações também.

E se o que faz o amor sobreviver for justamente a falta de convivência e rotina? Quem apostaria num amor apenas idealizado? E se a nossa intuição for mesmo a melhor conselheira e não merecer ser desprezada? E se nossas lembranças nos traírem? E se casamento nenhum for mais importante do que um único encontro?

O cinema pode colocar pessoas desafiando a gravidade, cortando o pescoço uns dos outros, fazendo o tempo andar pra trás, e eu não me emocionarei nem ficarei perplexa, mas me dê um pouco de realidade e isso me arrebata.

ESPERANÇA ZERO

Recebo centenas de e-mails por dia. A maioria nem é para mim exatamente, são mensagens jogadas no espaço virtual e que caem no meu computador, já que consto da caixa postal de meio mundo. Lá estão os relatos de brasileiros que vivem no exterior e que, em sua maioria, adorariam voltar pra cá, pois acreditam que, apesar dos problemas, não existe país como o nosso, tão alegre. Alegria, alegria. Eta gente que gosta de caminhar contra o vento, sem lenço, sem documento, sem tostão, sem emprego, sem futuro.

Decretei o fim da minha esperança segunda-feira de manhã, quando me flagrei dizendo para uma amiga que, se surgisse uma oportunidade, iria embora daqui. Abandonaria o barco. Mulheres e crianças primeiro, não é assim? Me candidato a uma vaga no bote.

Já tivemos militares no poder, civis no poder, sociólogos no poder, operários no poder – e o poder não muda, segue o mesmo. Amanhã poderemos ter mágicos, donas de casa, jornalistas, duendes no poder, e o Brasil não vai encontrar o rumo porque, como cantava Cazuza, esta droga já veio malhada antes de a gente nascer. A encrenca começou antes mesmo do "terra à vista!". Tudo errado, desde o princípio.

Garotos fazem rachas de carro na madrugada, a polícia sabe, o governo sabe, todo mundo sabe – mas ninguém pode fazer nada, dizem as autoridades. Adolescentes fumam crack em pontos conhecidos da cidade, uma equipe de jornal vai lá e fotografa, põe na capa – e nada acontece. Rebeliões explodem em presídios, e ninguém consegue contê-las. Tiroteios em vias urbanas. Garimpeiros trucidados. Bandidos roubando armas de dentro dos quartéis da Aeronáutica. Invasões de terra. Professores ganhando uma miséria. Ninguém faz nada. Parece que está tudo dentro da lei. Naufragar é a lei.

O salário mínimo de 260 reais foi, se analisado racionalmente, e não emocionalmente, a boa notícia da semana passada, sinal de que o presidente ainda tem algum juízo, já que é impossível dar aumento sem ter dinheiro em caixa. O motivo desse valor decepcionante, todos sabem: o rombo da Previdência. Que vai ser costurado quando? Quando não houver mais corrupção no país, ou seja, guardem as agulhas, que o rombo é pra sempre. Maria Rita, Daiane dos Santos, Ronaldinho Gaúcho, Walter Salles, Verissimo, Chico Buarque, obrigada, porque é por vocês que a gente ainda respira, relaxa, sorri, tem fé, acredita. Não sei o que seria da nossa autoestima sem o esporte e a arte. Vocês estão segurando este rojão. Eu tenho tentado segurar também, e, no entanto, olha só a crônica que me saiu hoje. Não fosse por alguns talentos individuais, eu encerraria dizendo: desculpe o mau jeito, mas o Brasil acabou.

ABISMO E ENCONTRO

Poucos meses atrás recebi de presente um livro infanto-juvenil chamado *O pai da filha e a filha do pai*. Texto de Adriana Jorgge e desenhos de Kiko Farkas, em uma bela edição em capa dura da W11. O livro é apresentado como "uma história de amor eterno com abismo no meio e encontro no fim". Começou bonito.

Era uma vez um pai e uma filha separados por um abismo. Não conseguiam saltar um para o lado do outro, ficavam apenas imaginando como seria bom se pudessem se abraçar, confidenciar emoções ou dançar juntos. Passaram a vida com esse corte no meio, impedidos de se unirem. Até que um dia resolveram acabar com essa distância. Saltaram ambos, ao mesmo tempo, para dentro do abismo, a fim de se encontrarem lá embaixo, naquele buraco escuro onde temiam defrontar-se com monstros e lagartos. Mas, ao chegarem lá no fundo, não foi monstro nem lagarto que encontraram, e sim lembranças quase esquecidas, palavras engasgadas, frases que nunca chegaram a ser ditas.

É essa a história contada por Adriana, mas que poderia ser contada por tantas outras filhas e também filhos que vivem separados de seus pais por abismos diversos: ou o pai se separou da mãe muito cedo e nunca mais apareceu, ou o pai vive pertinho, mas não permite intimidade, ou pais e filhos têm uma visão muito diferente da vida e não se entendem, ou o pai tem medo de demonstrar seus sentimentos, ou são os filhos que têm. Cada um sabe a profundidade do corte que a relação sofreu.

No livro, o abismo é gigantesco. Porém, todo abismo começa como um pequeno fosso, ele só se expande porque a gente deixa que isso aconteça, e aí, com o passar do tempo, vira algo aparentemente intransponível. Mas só aparentemente. Havendo intenção de entendimento e um pouco de coragem de ambas as partes, descobre-se que o que afasta mesmo é o silêncio, aquilo que as pessoas deixam para verbalizar apenas no leito de morte: as tais palavras engasgadas e frases que nunca foram ditas. Eu não esperaria tanto.

Hoje é dia de celebrar os pais que estão ao alcance dos nossos abraços, ou que, mesmo ausentes em presença física, preservam a sintonia, a cumplicidade, bastando um telefonema para saudá-los. Porém, há abismos por aí, a gente sabe. Se for o seu caso, talvez seja a oportunidade perfeita para dar de presente o livro da Adriana Jorgge e do Kiko Farkas – uma espécie de convite para saltar juntos em busca de aproximação. É um livro infantil, mas, convenhamos, toda separação entre pessoas que se amam é infantil.

ELOGIOS

— Você tem um sorriso lindo.

Eu tinha 14 anos quando ouvi isso de um cara que tinha 16 e não era irmão nem primo. Sorriso lindo, eu? Passei um mês inteiro sorrindo pro espelho do banheiro. E quanto mais eu analisava meu sorriso, mais certeza eu tinha: aquele cara estava de sacanagem comigo. Ainda bem que eu não caí na armadilha. Quando ele me disse "você tem um sorriso lindo", eu, em vez de dizer "obrigada", disse "bem capaz!". Não sou trouxa.

Triplamente trouxa: é o que fui por anos a fio. Não aceitava elogio nenhum. Era como se todos estivessem conspirando para me fazer de boba. Se eu simplesmente agradecesse, estaria atestando que aquele elogio era verdadeiro e merecido, e este seria o primeiro passo para eu me transformar numa presunçosa. Deus me livre.

Pois outro dia testemunhei uma cena exatamente assim, uma mulher recebendo um elogio maravilhoso e totalmente sincero, só que ela ficou sem graça e desandou a dizer frases como: "Eu? Imagina! Tá de gozação?".

Por que os outros estariam de gozação? Mesmo que você tenha uma verruga enorme na ponta do nariz e seus dois olhos não se movimentem na mesma direção, quem disse que você não é linda para alguém?

Por essas e outras que a autoestima tem que ser desenvolvida desde cedo. Nada de ser carrasco consigo próprio. Todo mundo tem alguma coisa do que se orgulhar. Se você não sabe o que, pergunte ao seus pais que eles sabem. Bom pai e boa mãe são aqueles que enchem os filhos de elogios entre uma bronca e outra. E a gente tem que acreditar na boa-fé deles, nada de achar que eles estão sendo ligeiramente parciais. Se eles dizem que você é o melhor filho do mundo, é o que você é e não se discute mais isso.

Mas para tudo há uma contrapartida: não vá ficar se achando. Nada de abandonar a modéstia e a humildade. Se um amigo elogia seu gosto musical, evite passar a tarde fazendo o infeliz escutar todos os discos que você tem. Se alguém elogia sua boa forma física, não precisa retribuir fazendo abdominais no meio da sala. Se sua amiga elogia sua torta de maçã, não insista para que ela coma quatro fatias. Diga apenas obrigada e sorria com seu sorriso lindo.

CARDÁPIO DA ALMA

Arroz, feijão, bife, ovo. Isso nós temos no prato, é a fonte de energia que nos faz levantar de manhã e sair para trabalhar. Nossa meta primeira é a sobrevivência do corpo. Mas como anda a dieta da alma?

Outro dia, no meio da tarde, senti uma fome me revirando por dentro. Uma fome que me deixou melancólica. Me dei conta de que estava indo pouco ao cinema, conversando pouco com as pessoas, e senti uma abstinência de viajar que me deixou até meio tonta. Minha geladeira, afortunadamente, está cheia, e ando até um pouco acima do meu peso ideal, mas me senti desnutrida. Você já se sentiu assim também, precisando se alimentar?

Revista, jornal, internet, isso tudo nos informa, nos situa no mundo, mas não sacia. A informação entra dentro da casa da gente em doses cavalares e nos encontra passivos, a gente apenas seleciona o que nos interessa e despreza o resto, e nem levantamos da cadeira nesse processo. Para alimentar a alma, é obrigatório sair de casa. Sair à caça. Perseguir.

Se não há silêncio à sua volta, cace o silêncio onde ele se esconde, pegue uma estradinha de terra batida, visite um sítio, uma cachoeira, ou vá para a beira da praia, o litoral é bonito nesta época, tem uma luz diferente, o mar parece maior, há menos gente.

Cace o afeto, procure quem você gosta de verdade, tire férias de rancores e mágoas, abrace forte, sorria, permita que lhe cacem também.

Cace a liberdade que anda tão rara, liberdade de pensamento, de atitudes, vá ao encontro de tudo que não tem regras, patrulha, horários. Cace o amanhã, o novo, o que ainda não foi contaminado por críticas, modismos, conceitos, vá atrás do que é surpreendente, o que se expande na sua frente, o que lhe provoca prazer de olhar, sentir, sorver. Entre numa galeria de arte. Vá assistir a um filme de um diretor que não conhece. Olhe para sua cidade com olhos de estrangeiro, como se você fosse um turista. Abra portas. E páginas.

Arroz, feijão, bife, ovo. Isso me mantém de pé, mas não acaba com meu cansaço diante de uma vida que, se eu me descuido, torna-se repetitiva, monótona, entediante. Mas não vou me descuidar. Vou me entupir de calorias na alma. Há fartas sugestões no cardápio. Quero engordar no lugar certo. O ritmo dos dias é tão intenso que às vezes a gente esquece de se alimentar direito.

AMORES VIA INTERNET

A propósito do brutal assassinato de uma moça pelo marido, no bairro Moinhos de Vento, em Porto Alegre, ouvi mais de um comentário do tipo: "Viu? É o que dá conhecer alguém pela internet".

Não é bem assim. A violência está em todo lugar e é protagonizada por pessoas de históricos os mais diversos, sem falar que há inúmeros casais que se conheceram pela internet e mantém uma união sólida e sem surpresas.

Mas reconheço que há algo nas relações virtuais que fascina e assusta, e por isso elas são vistas com tamanha desconfiança: é a rapidez com que se cria o vínculo. Não há outro relacionamento que queime tantas etapas.

Nas relações ao vivo você primeiro estuda o terreno, depois convida para um chope, aí liga na semana seguinte, e assim vai. Trocando e-mails você faz tudo isso em poucas horas. Meia dúzia de mensagens é o que basta para a intimidade – bem relativa, diga-se – começar a se impor. O casal, cada um no seu micro, fica livre da timidez e cria um personagem muito mais sedutor e atraente, que não gagueja, não vacila, não embola as frases: ao contrário, reescreve-as quantas vezes for preciso até que elas saiam bem... naturais.

Nada de mal nisso, é apenas mais uma forma de encontro, e com inúmeras vantagens. Porém a ligeireza da internet está sendo reproduzida fora dela, e é aí que ficamos vulneráveis. As pessoas querem saltar da tela do computador num efeito rosa púrpura, como se passar do virtual para o real fosse uma mera questão de continuidade, e não é. É preciso retroceder a fita, reiniciar o programa, valer-se da cautela. Mas parece que todos querem se ver livres da solidão o quanto antes, e acabam casando poucos meses depois de se conhecer, com a mesma urgência das primeiras mensagens trocadas, priorizando a paixão e dispensando o bom senso, esse pobre-diabo desprestigiado.

Escrevi sobre isso outro dia, e volto a bater na tecla: conhecer alguém exige uma certa demanda de tempo. Uma vida inteira, às vezes, não basta. É sempre uma loteria. Há os sortudos que batem o olho de primeira e são tomados pela certeza divina: É ele! É ela! Mas quem não tem esse radar ultrapotente, que vá com calma. Pressa pra quê? Viajem juntos, almocem juntos, fiquem sem dinheiro juntos, conheçam os amigos um do outro, testemunhem as relações familiares de cada um, observem as reações de ciúmes, as paranoias, dividam pizzas, dividam o banheiro, passem por uns sufocos. Se depois de tudo isso a vida a dois continuar um paraíso, aí tomem a benção aqui da tia: podem unir seus nicknames, já sabem onde estão se metendo.

INTIMIDADE

Se alguém perguntar o que pode haver de mais íntimo entre duas pessoas, naturalmente que a resposta não será sexo, a não ser que não se entenda nada de intimidade, ou de sexo.

Pré-adolescentes, ainda cheirando a danoninho, beijam três, sete, nove numa única festa e voltam pra casa tão solitários quanto saíram. Dois estranhos transam depois de uma noitada num bar – não raro no próprio bar – e despedem-se mal lembrando o nome um do outro. Quanto mais rápidos no ataque, quanto mais vorazes em ocupar mãos, bocas, corpos, menos espaço haverá pra intimidade, que é coisa bem diferente.

O filme *Encontros e desencontros* me fez lembrar de uma expressão antiga que a gente usava quando queria dizer que duas pessoas haviam feito sexo: "dormiram juntos". Era isso que determinava que a relação era íntima. O que o casal havia feito antes de pegar no sono ou ao acordar não era da nossa conta, ainda que a gente desconfiasse que ninguém havia pregado o olho. Se Fulano havia dormido com Sicrana, bom, era sinal de que havia algo entre eles. Hoje a gente diz que Fulano comeu Sicrana e isso não quer dizer absolutamente nada.

Encontros e desencontros mostra a perplexidade de dois americanos no Japão – e a vivência profunda de sentir-se um estrangeiro, inclusive para si mesmo. Chega a ser previsível que a cena mais caliente do filme não seja a de um beijo e suas derivações, e sim a cena em que o casal de protagonistas está deitado na mesma cama, ambos vestidos, falando da vida, quando o cansaço e o sono os capturam. Ninguém apaga a luz, ninguém tira a roupa, ninguém seduz ninguém, eles apenas sentem-se à vontade para entrar juntos num estado de inconsciência, que é o momento em que ficamos mais vulneráveis e desprotegidos. Pra não dizer que faltou um toque, Bill Murray pousa a mão no pé de Scarlett Johansson antes de dormir profundamente. Poucas vezes o cinema mostrou cena tão íntima.

Enquanto isso, casais unem-se e desunem-se numa ansiedade tal que parece que vão todos morrer amanhã. Não há paciência para uma troca de olhares, para a descoberta de afinidades, e muito menos para deixar a confiança ganhar terreno. O que há é pressa. Uma necessidade urgente de quebrar recordes sexuais, de aproveitar a vida através de paixões quase obrigatórias, forjadas, que não são exatamente encontros, mas desencontros brutais. Meio mundo está perdido em Tóquio.

FILOSOFIA COTIDIANA

Roger-Pol Droit é um filósofo francês que afirma que o pensamento filosófico pode ser despertado através das coisas mais banais do dia a dia. Acabei de ler dele *101 experiências de filosofia cotidiana*, um livro em que ele propõe um jogo para o leitor: refletir sobre a vida e sobre si mesmo a partir de situações triviais, às vezes até bizarras, que podemos executar a qualquer hora. Exemplo: telefonar para alguém desconhecido, fazer jogging dentro de um cemitério, imitar animais, recitar de joelhos um trecho da lista telefônica, acompanhar o movimento das formigas, matar alguém mentalmente e por aí vai. Eu achei o cara meio viajandão, mas uma das práticas que ele propõe é algo que todos nós já experimentamos com assombro: ouvir nossa própria voz gravada. É ou não é a coisa mais estranha do mundo?

Vale também para quando vemos a nossa imagem na tevê, e em alguns casos vale até para fotografia. Mas a voz gravada é mais chocante. Nossa reação imediata é dizer: não sou eu! Puxa, eu falo assim mesmo? Seus amigos e parentes testemunham: sim, é a sua voz.

Mas não sou eu!

É você e não é você. Aí começa a filosofia.

Nossa voz nos soa mais grave ou mais aguda, mais lenta ou mais acelerada, não parece a voz que escutamos com o ouvido interno. Externamente, parecemos mais empolados, mais bestas. Ficamos inibidos ao nos ouvir "atuando". Porque no momento em que estamos interagindo com outras pessoas, falando com elas, estamos de certa forma desempenhando um papel, transmitindo com a voz a nossa raiva, a nossa ternura, o nosso desejo, a nossa excitação. Quando ouvimos essa voz registrada, fora de nós, nos sentimos despidos.

Naturalmente que isso não funciona para quem trabalha em rádio e televisão, ou com música: de tão acostumados a se "ouvirem", o efeito de perplexidade se perde. Mas com quem não tem esse costume, o espanto é grande. Roger-Pol Droit propõe que a gente repita algumas vezes essa experiência para sentir o efeito de deslocamento: é como se saíssemos do próprio corpo. Não sei exatamente para que serve isso, mas imagino que seja uma maneira de confrontar nossa autoimagem com nossa imagem pública. Desse confronto pode originar-se uma certa humildade: sempre ficamos descontentes ao ouvir nossa própria voz numa secretária eletrônica ou num vídeo caseiro, sempre ficamos meio envergonhados, como se estivéssemos sendo desmascarados. Seremos um blefe? O silêncio nos traduziria melhor?

Isso sou eu que estou matutando, o pobre do Roger-Pol Droit não tem nada a ver com minhas conclusões pseudo-filosóficas, ele apenas convidou pro jogo, e eu topei: tirar do superficial algum conteúdo é sempre desafiador.

O SENTIDO DA VIDA

Não é nenhuma novidade que dinheiro, viagens, status, beleza e outras coisinhas mundanas são sonhos de consumo, mas não dão sentido à vida de ninguém. A única coisa que justifica nossa existência são as relações que a gente constrói. Só os afetos é que compensam a gente viver uma vida inteira sem saber de onde viemos e para onde vamos. Diante da pergunta enigmática – por que estamos aqui? –, só nos consola uma resposta: para dar e receber abraços, apoio, cumplicidade, para nos reconhecermos um no outro, para repartir nossas angústias, sonhos, delírios. Para amar, resumindo.

Piegas? Depende de como essa história é contada. Se é através de um power point – aqueles textinhos cheios de flores acompanhados de musiquinha romântica –, qualquer mensagem, por mais filosófica e genial que seja, fica piegas de doer. Mas se é através de um filme inteligente, sarcástico, tragicômico como *Invasões bárbaras*, o piegas passa à condição de arte.

O filme é uma continuação de *O declínio do império americano*. Naquele, um grupo de amigos se encontrava numa casa à beira de um lago e discutia sobre vida, morte, sexo, política, filosofia. Em *Invasões bárbaras*, esses mesmos amigos, quase

20 anos depois, se reencontram por causa da doença de um deles, que está com os dias contados. Descobrem que muitos dos seus ideais não vingaram, que muita coisa não saiu como o planejado, só o que sobrou mesmo foi a amizade entre eles. E a gente se pergunta: há algo mais nesta vida pra sobrar? Quando chegar a nossa hora, o que realmente terá valido a pena? Os rostos, nomes, risadas, pernas, beijos, olhares que nos fizeram felizes por variados e eternos instantes.

Pais e filhos, maridos e mulheres, amantes e amigos: são eles que sustentam a nossa aparente normalidade, são eles que estimulam a nossa funcionalidade social. Se não for por eles, se não houver um passado e um presente para com eles compartilhar, com que identidade continuaremos em frente, que história teremos para carregar, quem testemunhará que aqui estivemos? Só quem nos conhece a fundo pode compreender o que nos revira por dentro, qual foi o trajeto percorrido para chegarmos neste exato ponto em que estamos, neste estágio de assombro ou alegria ou desespero ou sei lá, você que sabe em que pé andam as coisas. Se não nos conheceram, se não nos desvendaram, se ninguém aplicou um raio X na gente, então não existimos, o sentido da vida foi nenhum.

Todas as pessoas querem deixar alguns vestígios para a posteridade. Deixar alguma marca. É a velha história do livro, do filho e da árvore, o trio que supostamente nos imortaliza. Filhos somem no mundo, árvores são cortadas, livros mofam em sebos. A única coisa que nos imortaliza – mesmo – é a memória de quem amou a gente.

ROTINA

"Parem de falar mal da rotina/parem com esta sina anunciada/ de que tudo vai mal porque se repete."
Versos de Elisa Lucinda.
"Parece, mas não se repete/não pode repetir/é impossível/o ser é outro/o dia é outro/a hora é outra/e ninguém é tão exato."
Acordar, tomar banho, trabalhar, voltar pra casa... parece tédio, mas é apenas rotina, e a nossa rotina quem cria somos nós mesmos. Depende de nós testar percursos diferentes para chegar nos mesmos lugares, comer algo nunca antes provado, vestir uma cor que até então não nos atrevíamos, telefonar para um amigo sumido, ler um livro há séculos abandonado na estante, dançar sozinho no meio da sala. Rotinas podem ser reinventadas, rotinas podem ser quebradas, rotinas podem ser curtidas, rotinas são sempre escolhidas. Reclamar delas é miopia: o alvo da crítica é, na verdade, nossa preguiça em fazer as coisas de outro modo, de arriscarmos umas diferenças.
Na rotina de Elisa Lucinda está a poesia, o teatro e uma vitalidade contagiante. É uma mulher que faz pensar, que faz rir, que faz chorar, e que coloca nisso tudo uma energia que transborda. Ela lida com versos como se eles fossem a coisa mais trivial do mundo, tão rotineiros (e essenciais) como o pãozinho na mesa do café. Escreve e diz o que escreve, e sente

o que diz, e vive o que sente. O ciclo se fecha, não há por onde escapar, ela está totalmente dentro dela mesma, 100% íntegra em relação à sua dor, ao seu amor e ao seu humor. Eu a chamo de furacão Elisa, e ela realmente faz ventar por onde passa.

Hoje à noite, se eu não tivesse que estar em São Paulo, estaria sentadinha no Theatro São Pedro para assistir ao espetáculo *Parem de falar mal da rotina*, que ela já apresentou com sucesso em várias capitais do país. Dizem que a gente sai do teatro com vontade de realizar coisas, de recuperar projetos cancelados, retomar planos que caíram no esquecimento. Eu não duvido. Porque a rotina da gente só é chata se a gente não tem inspiração, e Elisa Lucinda sabe inspirar. Sabe cutucar a onça. "*Nunca ouvi ninguém falar mal de determinadas rotinas: chuva, dia azul, crepúsculo, primavera, lua cheia, céu estrelado, barulho do mar.*" Certas repetições são sublimes, segundo ela. "*São nossos óbvios de estimação.*" Ninguém nos impõe nada, nossa rotina é leve ou pesada de acordo com nossa capacidade de gerenciar a própria vida e de ver graça nela, do jeito repetitivo que ela é, e ao mesmo tempo sempre inédita.

O SALVA-VIDAS

De vez em quando aparece no noticiário algum sortudo que teve sua vida salva por um objeto: uma caneta no bolso, uma moeda, uma calculadora, algo que impediu que uma bala de revólver lhe perfurasse o coração. Pois aconteceu de novo: sábado passado, em Cuiabá, um professor de 52 anos reagiu a um assalto e teve sua vida salva porque, na hora do disparo, a bala acertou o que ele trazia em mãos: um livro. Um livro bem grosso, imagino. Um tijolaço.

Em plena semana em que inicia a nossa Feira, não posso perder essa chance de fazer uma analogia. Terei coragem de apelar e dizer que os livros salvam a vida de milhares de pessoas todos os dias? Bom, agora já disse.

Piegas ou não, forçado ou não, eu acho mesmo que os livros nos "salvam", de alguma maneira. Salvam a gente de levar uma vida besta, doutrinada pela tevê. Salvam a gente de ficar olhando só pra fora, só para o que acontece na vida dos outros, sem nos dedicar a alguns momentos de introspecção. Salvam a gente de ser preconceituoso. Salvam a gente do desconhecimento, do embrutecimento, do mau-humor, da solidão, salvam a gente de escrever errado. Se existe salvador da pátria, não conheço outro.

Quando me refiro a alguém que lê, estou me referindo a alguém que lê bastante, que lê com paixão, que lê compulsivamente. Porque ler dois ou três livros por ano, apesar de estar dentro da média brasileira, está longe de ser comemorado. Vira um programinha excêntrico: "Vou aproveitar que hoje está nevando e ler um livro". Nada disso. Livro salva quem nele se vicia. Salva quem não consegue se saciar. Quem quer saber mais, conhecer mais, se aprofundar mais. É imersão. Mergulho. Salva a gente da secura da vida.

A Feira começa depois de amanhã e estará cheia de livros, inclusive os volumosos. *Viver para contar*, a biografia do García Márquez, tem 474 páginas. *Os 100 melhores contos do século* tem 618. *A montanha mágica*, de Thomas Mann, 986. Se não salvarem espiritualmente ninguém, darão ao menos um bom escudo.

A SUPERVALORIZAÇÃO DO MARKETING

Eram 21 horas quando o Simply Red entrou no palco do Gigantinho para fazer o show que estava marcado para as 20h. Uma hora de atraso, logo eles, ingleses. O público já havia vaiado, estava impaciente, irritado, qual é? Então Mick Hucknall começou a cantar e a dançar, e o público rendeu-se. Começava um showzaço.

Não vou escrever uma crítica do show, isso aconteceu já faz uma semana, tempos pré-históricos. Mas vale a pena refletir um pouco sobre o sucesso do Simply Red, um grupo que não é novo (ano que vem completa 20 anos de carreira), cujo vocalista não é bonito nem tem fama de don juan, e cujos discos não são lançados em megaeventos. O Simply Red faz um som ora romântico, ora dançante, é sofisticado e ao mesmo tempo popular. Ninguém sabe nada da vida íntima do grupo, apenas que Mick Hucknall, o *Red*, tem uma voz abençoada e uma postura de palco charmosa – não escandalosa, não ensaiada, não performática – charmosa. E assim eles vão fazendo shows pelos cinco continentes, vendendo discos e ganhando seus milhões sem fazer estardalhaço, fazendo apenas música.

Eles prescindem do marketing? É certo que contam com assessores da gravadora e do próprio grupo, mas não acredito que haja um enorme planejamento estratégico a cada novo CD lançado. Dão entrevistas para rádios e revistas, gravam clipes e agendam muitos espetáculos – serão 100 só este ano. E aposto que, nos dias em que não estão em turnê, podem jantar num restaurante como quaisquer mortais, sem reclamar para os jornais: "Oh, não consigo ter privacidade".

Escrevo isso pensando em certos cantores cuja vida sexual discutimos em botecos. Será mesmo tão necessário um artista expor sua vida pessoal, criar factoides pra mídia, fazer mistério sobre futuros projetos, posar de Deus e exigir esquisitices para os camarins? Há um momento em que alguns deles perdem o controle da própria vaidade e armam circos para atingir um retorno que não seria muito diferente caso se concentrassem apenas no feijão-com-arroz: entrevistas, clipes e shows. O talento encarrega-se do resto, sempre se encarregou: é ele que vai determinar se a carreira do sujeito vai durar 20 anos ou 20 minutos.

Assistir a um Simply Red cumpridor, que homenageou Barry White e tirou do fundo do baú um hit do Stylistics, tudo com competência, prazer, emoção e público pagante, me convenceu de que confiar no próprio taco é um recurso de marketing também bastante eficiente – e bem mais econômico. Ninguém precisa mobilizar o planeta e fazer misérias pra mostrar que existe – a não ser que não exista.

RASGANDO AS FOTOS

Depois de uma briga histórica, daquelas de não deixar coisa alguma em pé, você se vê completamente sozinha, o romance acabou. Ele não era nada daquilo que você pensava, é um cafajeste, um galinha, um insensível. Você corre até a cozinha, pega uma tesoura afiada, voa para seu quarto e, bufando de ódio, tira do armário a caixa com todas as fotos que vocês tiraram durante o namoro e *(não faça isso, garota, você vai se arrepender, o cara fez parte da sua história, um dia esta raiva vai passar e você nem lembrará do rosto dele, vai querer recordá--lo, larga esta tesoura, não faz bobagem, me escu...)* começa a picar bem picadinho todas as fotos em que aparecem juntos, menos aquela em que você está uma deusa – esta você vai cortar pela metade, e a parte em que ele aparece vai para o lixo, naturalmente.

Serviço feito. Nem mesmo um expert em quebra-cabeças de mil peças conseguiria juntar o olho direito com o olho esquerdo daquele infeliz, as fotos viraram farinha. E agora? Está se sentindo melhor?

Você está se sentindo um trapo. A dor da perda não se aplaca com um gesto extremado, e se o propósito era vingança, grande porcaria: o modelo fotográfico que foi esquartejado segue inteirinho da silva tocando a vida dele, não sentiu nem um arrepio quando você praticamente moeu seu sorriso lindo. Ele tinha um sorriso lindo, não tinha?

Você vai lembrar do sorriso, dos olhos, da boca ainda por muito tempo. Picotar fotos é só a materialização de um desejo: gostaríamos que certas pessoas saíssem da nossa vida instantaneamente, bastando pra isso uma tesourada. Mas o processo de despedida é bem mais lento e mais difícil. É preciso deixar o tempo agir. E o tempo age com mais parcimônia.

Mas alguém lá quer saber de parcimônia? Mulheres com o orgulho ferido seguirão mutilando seus álbuns de fotografia, arrancando cabeças e amputando casais que pareciam colados com superbonder. Uma pena aleijar assim o passado, mas, por outro lado, talvez seja conveniente deixar bem livre esse ímpeto destrutivo e o pouco apego às lembranças. Nenhum problema em descarregar nosso ódio num pedaço de papel. Sabe-se lá o que aconteceria se o engraçadinho aparecesse na nossa frente e nos encontrasse com uma tesoura na mão.

NÃO GOSTAR DE QUEM SE GOSTA

Não que eu goste dos filmes do Woody Allen, eu sou maníaca por Woody Allen. Sabe fã número 1? Pois é. Desde sempre. Vi todos os filmes, tenho alguns em casa, coleciono biografias dele. Cheguei a vê-lo, ao vivo, tocando clarinete num pub em Nova York. O lugar era péssimo, a comida, intragável, a conta, uma estupidez, mas ele tocava direitinho, ou eu é que não estava muito a fim de ser exigente. Tiete assumida. Daquelas que quase perdem o senso crítico. Quase. Reparei que nos últimos anos ele não vem mais fazendo filmes que me agradam 100% (que saudades de *Hannah e suas irmãs*, *Zelig*, *Crimes e pecados*, *Maridos e esposas*), mas nenhum problema. Antes um razoável Woody Allen do que um excelente *As panteras*. Aí fui ver *Dirigindo no escuro*, que está em cartaz. E achei infantil. O filme se salva pelo final, mas leva-se cerca de duas horas pra chegar ao final de um filme. Foi mais ou menos como assistir *Sexto sentido*. I see dead people. Filmes com uma única sacada.

A conclusão a que chego é: como é difícil desapontar-se com quem a gente gosta. Porque gostar, seja do que for, é uma relação de fidelidade. Se adoro Chico Buarque, me custa desgostar de alguma música que ele tenha composto. Se acho Picasso um gênio, me sinto uma idiota se algo feito por ele não me comove. Se venero os Beatles – e venero – fico constrangida com alguns yeah yeah yeah do seu passado em Liverpool. É chato quando nosso gosto – e a gente sempre acha que tem bom gosto – não se realiza. Se *Dirigindo no escuro* fosse o primeiro filme de Woody Allen, eu diria: tá, é legal. No máximo. Mas não pode ser apenas legal, é Woody Allen, é grife, é um degrau acima da humanidade. Como pode?

Guardadas todas as proporções, quando alguém me diz "puxa, eu adorava você, mas seu último texto me decepcionou", entendo perfeitamente o tamanho do desgosto que causei. Porque ninguém costuma entregar seu coração facilmente, a gente se dedica a amar um escritor, um músico, um cineasta, uma atriz, e de repente ele falha – ou não atinge nossa expectativa – e isso soa como traição. É muito mais fácil desgostar de quem nunca se gostou, de quem já implicávamos por antecipação. Mas se, ao contrário, havia amor, quanta decepção.

Posto isso, preciso admitir: estarei sentadinha na última fila – a minha preferida nas salas de cinema – em todos os filmes que Woody Allen fizer, até os seus 130 anos, que é o que eu espero que ele viva. Achei bobo *Dirigindo no escuro*, mas ele vai ter que se esforçar muito mais para me perder.

POR QUE EU FUI ABRIR A BOCA?

Você foi alertada pela sua bisavó, pela sua avó e pela sua mãe: o silêncio é de ouro. Mas não adiantou nada, como não vai adiantar quando você tentar passar essa máxima para sua filha. Mulher tem um certo descontrole verbal, está no nosso DNA. Você sai com as amigas e antes do segundo chope já está quebrando aquele juramento de nunca contar nenhuma novidade antes que ela se confirme. Desobedecendo a si própria, lá está você comentando sobre uma promoção que *talvez* pinte em novembro, sobre a azaração que *talvez* vire namoro, sobre a viagem à Patagônia que *talvez* você faça no final no ano. Não dá para amarrar a língua dentro da boca?

Menos mal que você está falando do que lhe diz respeito. O estrago começa quando a gente se põe a falar de uma amiga, quando a gente comete uma indiscrição relativa à nossa irmã, quando a gente entrega um segredo que era propriedade privada de outra pessoa. Tudo coisinha à toa, um comentariozinho de nada, fofoquinhas sem importância. Mas que ressaca que bate na manhã seguinte.

Você disse que detestou um filme cujo diretor é um dos seus melhores amigos. Você espalhou que o marido da Fulana é o campeão da grosseria e amanhã compartilharão a mesma mesa numa festa. Você admitiu que não suporta saraus e já frequentou vários com o sorriso nas orelhas, sua falsa. Você entregou as três plásticas que sua cunhada fez no rosto e ela pediu tanto que você não contasse. Escapou, ué. Quanta frescura, o que é que tem fazer plástica?

Pra você pode não haver razão nenhuma para segredo, mas se alguém lhe contou algo em confidência, custa fechar a matraca? Não custa, mas nossa voz é rápida no gatilho, não lê as placas de advertência, quando vê, já avançou o sinal, já foi, está lá adiante. Rebobinar a fita, impossível. Fica então aquele gostinho azedo na boca, de quem não cometeu nenhum pecado grave, mas perdeu uma bela oportunidade de ser elegante.

Reza a lenda que chiques são as mulheres que falam pouco. As econômicas. Aquelas que apenas sorriem, enquanto as outras, histéricas, falam todas ao mesmo tempo. Mulheres caladas, controladas, que nunca dizem algo inconveniente. Elas mantêm um ar enigmático. Dão a entender que já passaram pela fase de palpitar sobre tudo. Disseram o que tinham para dizer no divã do analista e, agora, mais maduras, descobriram a arte de escutar. Só dando na cara.

Eu sei, eu sei, puro recalque. E olha que eu nem tenho motivo para isto, no planeta de onde venho sou considerada até bem reservada. Mas, vez que outra, me empolgo e pronto: descambo para a tagarelice. Com a melhor das intenções, diga-se. Tudo em nome da honestidade. Por que eu confirmei que o cabelo dela está tenebroso? Porque ela perguntou, ora. Por que eu disse para ele não me ligar nunca mais? Porque naquela hora eu estava tomada pelo ódio. Mas agora eu quero!

Em nome da honestidade, cometemos algumas indelicadezas e precipitações. Como sofre uma mulher: ela precisa ser autêntica e, ao mesmo tempo, discreta. Ter opinião, mas nunca dizer uma leviandade. Ser sábia, porém nunca imprudente.

Na próxima encarnação, não quero vir honesta, nem desonesta. Quero vir muda.

O PRIMEIRO QUARTO

Poucas são as crianças que desde cedo têm um quarto só para elas. Na maioria das famílias, crianças compartilham o quarto com o irmão, o que, diga-se, é muito seguro, principalmente na hora em que se apaga a luz e os monstros da nossa imaginação saem de trás da cortina: convém não estar sozinho nessa hora.

Mas crianças crescem, e sua necessidade de isolamento também. Chega um momento em que não há graça nenhuma em repartir o guarda-roupa: é injusto você ficar com uma gaveta a menos só porque utiliza cabides a mais. Seu irmão cola na parede o pôster do Ozzy Osborne e não negocia, então você é obrigada a revidar com o pôster do Linkin Park e o quarto fica parecendo um estúdio de rádio pirata. Os amigos dele sentam na sua cama, pegam suas coisas, colocam aqueles tênis nojentos em cima da sua colcha, e você não pode erguer um muro para dividir o território porque na sua casa o regime é democrático. Então você segura a onda, nada a fazer, a não ser rezar antes de dormir para pedir que todos tenham muita saúde e paz, mas, se não for abuso, pô, Senhor, dê uma forcinha para que a gente consiga mudar para um apartamento maior.

Deus existe. Abençoado apartamento de três dormitórios. Você mal acredita no que conseguiu realizar: o sonho do quarto próprio.

O primeiro quarto é como se fosse nosso primeiro lar. Tudo o que entrar ali – se o orçamento permitir e sua mãe for camarada – terá seu estilo, seu gosto. Você é que manda: pode escancarar a janela, ser a anfitriã de suas colegas de aula, pode fechar a porta para escutar seu som, escrever mil páginas de poemas sem ter alguém espiando sobre seu ombro, pode à noite deixar acesa uma luzinha, pode dançar sozinha, pode dormir só de calcinha. Um lugar para exercer algo sobre o qual você já ouviu comentários entusiasmantes, porém nunca havia experimentado: liberdade.

Seu quarto é o seu refúgio dentro da sua própria casa, é seu bunker, seu direito ao recolhimento, não o tempo inteiro, mas quando for necessário – e tantas vezes é. Um lugar para chorar. Poucos são os que têm privacidade para ficar tristes. Neste mundo de vigília e patrulha constantes, é um luxo poder sofrer sem ter ninguém nos observando.

O primeiro quarto é nosso primeiro palco – e é bastidor ao mesmo tempo. É onde ensaiamos a vida que encenaremos mais adiante. No quarto testamos vários figurinos, nos maquiamos, criamos novos penteados, cantamos, inventamos coreografias, escalamos nós mesmos para o papel principal, decidimos a marcação, e podemos até enxergar a plateia nos aplaudindo de pé. Nosso quarto é nossa fronteira aberta, nossa zona de travessia, realidade e imaginação convivendo em paz, livres de diagnósticos rígidos: ninguém aqui é louco, apenas artista.

Uma artista, claro, que precisa sentar à mesa para jantar com a família, que precisa fazer os deveres da escola, que precisa juntar a toalha do chão e arrumar a própria cama – nada de moleza, mocinha. Mas a mocinha, nas horas vagas, tem um canto todo seu, uns poucos metros quadrados para sonhar sem que lhe chamem a atenção, sem que lhe interrompam com perguntas. E o melhor de tudo: por trás da cortina não há mais bicho-papão. Solidão, seja muito bem-vinda.

BOSCO, O FILHO

A gente sempre espera que os filhos herdem as virtudes dos pais, principalmente o talento, no caso de os pais serem artistas. E muitas vezes esse destino se cumpre: Fernanda Torres, Maria Rita e Júlia Lemmertz são alguns exemplos entre muitos. Pois acabo de conhecer mais um fruto que não caiu longe do pé: Francisco Bosco, filho de João Bosco.

Chico, como é chamado pela família, não canta, mas compõe. Já fez muitas parcerias com o pai e também com outros músicos. Só que ele, além de canções, compõe também pensamentos. Estão publicados no livro *Da amizade*, que é um livro de poemas, ainda que se enquadre também como um livro de aforismos. Ou seria um livro de filosofia? É difícil classificá-lo: é um bom livro, creio que isso basta.

Francisco Bosco é silencioso, discreto e elegante. Nunca o vi, nunca falei com ele, mas é isso que ele produz e transmite: elegância. Sei também que ele reverencia a leitura – *Da amizade* celebra os livros. Não há como não concordar quando ele diz que "as livrarias são o consulado do leitor, um pedaço de terra natal em qualquer país estrangeiro". Ou quando opina: "Há livros que berram, como as pessoas grossas". Ou quando filosofa: "Os livros não terminam *agora*, como os poemas/os livros têm fundos falsos, como a cartola dos mágicos/terminam *depois* – e aos poucos, sob hesitações".

O livro de Francisco Bosco não berra e não termina na última página: há coelhos que saltam da cartola depois da leitura. Ficam os pensamentos/poemas/aforismos/frases soltas – tudo o que ele escreve – sussurrando ainda por algum tempo em nossos ouvidos.

Ele é Francisco Bosco, 27 anos, filho de uma talentosa artista plástica e de um músico notável, e que herdou genes favoráveis à sua sensibilidade – o resto é dele mesmo. *Talento: diferença espontânea* – definição do próprio.

Poeta ou filósofo ou compositor, Francisco Bosco é, antes de mais nada, um jovem escritor que entra em cena com identidade própria e diferença espontânea, um cara que descobriu-se finalmente insatisfeito (que é o que nos torna escritores, segundo ele) e foi tratar de entender a vida através das palavras. "O livro é uma das possibilidades de felicidade que temos." Não, agora não é dele, é de Borges. Mas também está em *Da amizade*, logo na abertura. E o que pode ser mais bem-vinda, a esta altura, do que uma possibilidade de felicidade?

MATERNIDADE OU NÃO

Semana passada me telefonaram de um jornal para pedir um depoimento sobre mulheres que decidiram não ter filhos. Queriam um testemunho curto e rápido. Sobre um tema tão intenso? Fui curta e rápida, mas agora vou me estender.

Tenho duas filhas planejadas e amadas, que nunca me provocaram um segundo sequer de arrependimento. Mas nunca fui obcecada pela maternidade. Acredito que qualquer mulher pode ser feliz sem ser mãe. Existem diversas outras vias para distribuirmos nosso afeto, diversos outros interesses que preenchem uma vida: amigos, trabalho, paixões, viagens, literatura, música – até solidão, se me permitem a heresia. Conheço mulheres que se sentem íntegras e felizes sem ter tido filhos, e mulheres rabugentas que tiveram não sei por que, já que só reclamam. Há de tudo nesta vida.

Mas tenho pensado nesta questão porque, dia desses, uma amiga inteligente, realizada e linda completou 50 anos e se revelou meio abatida por certos questionamentos que chegaram com a idade – uma idade que está longe de ser das trevas, mas que é emblemática, não se pode negar. Ela nunca quis ter filhos. Escolha, não impossibilidade. Tem uma vida de sonho, mas ela anda se perguntando: não tive filhos, será que fiz bem?

Ninguém tem a resposta. Mas é fácil compreender o dilema. Quando entramos nos 30, o relógio biológico exige uma decisão: ter ou não? Algumas resolvem: não. Criança dá trabalho, criança demanda muita atenção, criança é dependente, criança interfere no relacionamento do casal, criança dá despesa, criança é pra sempre. Tudo verdade, a não ser por um detalhe: crianças crescem. Crianças se transformam em adultos companheiros, crianças são quase sempre nossa versão melhorada, crianças herdarão não apenas nossos anéis, mas nossos genes, nosso jeito, nossa história, e isso é explosivo, intenso, diabólico, fenomenal. Aos 30 só pensamos na perda da liberdade, mas aos 50 conseguimos finalmente entender que a maternidade é muito mais do que abnegação, é uma aposta no futuro. Depois dos anos palpitantes e frenéticos da juventude, chega uma hora em que deixamos de pensar apenas no lado prático da vida para valorizar as conquistas emocionais, que são as que verdadeiramente nos identificam.

Não estou fazendo a apologia da maternidade, sigo acreditando que todas as escolhas são legítimas. Mas optar por não ter filhos não é algo trivial. É uma experiência profunda que abriremos mão de vivenciar. É uma emoção que transferiremos para sobrinhos sem jamais saber como seria se eles fossem gerados por nós – ou adotados, o que dá no mesmo. Vale a pena desprezar esse investimento de amor? Um investimento que, diga-se, é uma pedreira muitas vezes, não é nenhum mar de rosas? Nessas horas é que faz falta uma bola de cristal. O problema é se a dúvida vier nos atazanar mais adiante. A gente nunca sabe como teria sido se... É por isso que, neste caso, compensa queimar bastante os neurônios antes de decidir. Não dá para pensar no assunto levando-se em conta apenas o momento que se está passando, mas o contexto geral de uma vida. Porque *não* ser mãe também é para sempre.

BUDAS DITOSOS

Quando *A casa dos budas ditosos* foi lançado, em 1999, li na imprensa que uma importante rede de supermercados havia vetado a venda dos livros em suas lojas em função do seu conteúdo pornográfico. Não sei se isso realmente chegou às vias de fato, mas na época me pareceu uma estupidez sem tamanho. Pois agora, cinco anos depois de ter lido o livro, fui assistir no teatro à fenomenal Fernanda Torres no papel da baiana que narra suas façanhas sexuais, e chego à conclusão de que o texto de João Ubaldo (brilhantemente adaptado e dirigido por Domingos de Oliveira) não merecia mesmo ser vendido em gôndolas ao lado de extratos de tomate. Deveria, isso sim, ser distribuído em universidades, virar tese de mestrado. É filosofia pura.

Pureza, aliás, é algo que relaciono diretamente com sexo. O que é sacanagem? É coisa totalmente diferente do que João Ubaldo descreve. Sacanagem é fazerem a gente acreditar que o casamento é a única fórmula viável de relação e que desejos fora de hora devem ser reprimidos. É nos induzirem a pensar que os bonitos e jovens são mais amados e que os que transam muito não são confiáveis. É difundir a ideia de que só há uma fórmula para ser feliz, a mesma para todos, e que os que escapam dela estão condenados à marginalidade. Ninguém nos conta que essas fórmulas muitas vezes dão errado, frustram as pessoas, são alienantes, e que poderíamos tentar outras alternativas menos convencionais.

Sexo não é sacanagem. Sexo é uma coisa natural e simples – só é ruim quando feito sem vontade. Sacanagem é outra coisa. É nos condicionarem a um amor cheio de regras e princípios, sem ter o direito à leveza e ao prazer que nos proporcionam as coisas escolhidas por nós mesmos (se você tiver a impressão de que já leu isso em algum lugar, não se espante, já tratei deste assunto em outra crônica que se chama justamente "Sacanagem", e que circula pela internet com título e autoria trocados).

Mas voltando ao budas ditosos: ao final do espetáculo, o público aplaudiu em pé por vários minutos, entusiasticamente. O que se está aplaudindo? A atuação de Fernanda? O texto que muitos consideram simplesmente engraçado? A possibilidade de catarse? Isso tudo e algo mais. A maioria da plateia aplaude a chance de ver todas as suas fantasias expostas sem precisar levá-las a cabo. Aplaude a versão abafada de si mesmo, aplaude uma libertação temporária, aplaude a vida que secretamente gostariam de ter, mas que, pô, não pega bem.

Tudo é possível acontecer, mas nada é obrigatório que aconteça. Não precisamos fazer coisa alguma que nos perturbe, que nos violente. Mas já será um avanço se deixarmos de incentivar patrulhas e preconceitos retrógrados. Não vamos cair na cilada de achar que uma coisa é literatura e teatro, outra, é a vida. É tudo a mesma coisa. Levemos nosso aplauso para a rua, para a liberdade de expressão, para o respeito às escolhas alheias. Tem muita gente que aplaude o que é arte mas, em seu dia a dia, promove uma verdadeira caça às bruxas. Isso sim é que é obsceno.

O MELHOR DA AMIZADE

Outro dia participei de uma mesa-redonda que propunha uma discussão sobre amizade feminina. Existe mesmo? Há quem acredite que as mulheres são eternas concorrentes e, portanto, muito pouco leais.

Existe amizade feminina, sim. Amizade real, sólida e vitalícia. O que acontece é que as mulheres se envolvem muito na vida umas das outras, e isso, como em qualquer relação, gera alguns mal-entendidos, ciúmes e até brigas feias, o que faz parecer que a amizade entre mulheres é frágil. Os homens são menos invasivos, não se envolvem tanto com a intimidade dos amigos. Por isso, atritam-se menos e passam a ideia de serem mais estáveis.

A amizade é o melhor – e provavelmente o único – antídoto contra a solidão. E não precisa ser uma amizade grandiloquente, do tipo grude 24 horas e sem segredos. Uma amizade pode ser forte e leve ao mesmo tempo. E melhor ainda se forem amizades variadas. Uma boa amiga para ser sua sócia, outra boa amiga para dar dicas de viagens, uma amiga especial para conversar sobre sentimentos escusos, outra amiga fantástica para falar sobre livros e filmes, uma amiga indispensável para lhe dar um ombro quando você está caidaça. Nenhum problema em departamentalizar. Ao menos nas amizades, viva a poligamia.

Amigos homens são igualmente imprescindíveis. Quando ouço que não existe amizade entre homem e mulher por causa da possibilidade de um envolvimento amoroso, pergunto: e daí? Qual o problema de haver uma sensualidade no ar? Todas as relações incluem alguma espécie de sedução – todas.

Amigo homem é bom porque eles não falam toda hora sobre filhos, empregadas, liquidações, esses papos xaropes. Amigo homem não faz drama, ri das nossas manias, traz novos pontos de vista sobre as coisas que nos angustiam, não pede nossas roupas emprestadas e, o que é melhor, comenta sobre suas ex-namoradas e com isso acaba nos dando dicas muito úteis para enfrentar esta tal guerra dos sexos.

Amiga de infância, amiga irmã, amigo homem, amigo gay, amigos virtuais, amigos inteligentes, amigos engraçados, amigos que não cobram, que não são rancorosos, amigos gentis, amigos que se mantêm amigos na distância e no silêncio, todos eles ajudam a formar nossa identidade e a nos sentir protegidos nesta sociedade cada vez mais bruta e individualista. E não posso esquecer do melhor amigo de todos, e não é seu cachorro, seu gato ou seu hamster: estou falando daquele ser humano com quem a gente casou, aquela pessoa que convive conosco dia e noite, numa promiscuidade escandalosa e cujo vínculo se mantém com muita paciência, humor, respeito e solidariedade, tal qual acontece entre os verdadeiros amigos do peito.

A ÚLTIMA MODA

A grande novidade fashion ainda não foi anunciada nas páginas da *Elle*, *Vogue*, *Marie Claire* ou *Claudia*. Também não ouvi comentários nos programas de estilo que passam na tevê. Que eu saiba, não circulou em nenhum dos desfiles do Fashion Rio. É quase um segredo de Estado, mas não demora estará nas passarelas e vitrines de todo o país. O slogan da grife poderia ser: "Um dia você vai ter um". Seria um jeans? Um novo modelo de sapato? É moda casual?

Casualíssima. Para ser usada em qualquer lugar, a qualquer hora do dia ou da noite. É a Linha de Roupas Balísticas Dissimuladas. Em bom português: roupas à prova de bala. Recebi por e-mail um catálogo com a nova coleção de modelos femininos, masculinos e infantis. Isso mesmo, modelos infantis: jaquetinhas para a garotada. As fotos não foram tiradas pelo Duran ou pela Nana Moraes, mas poderiam. Superprodução.

Delete da sua memória aqueles coletes pesados e rígidos usados apenas por pessoas ligadas às Forças Armadas ou por guarda-costas. Estamos falando de uma linha leve, confortável, flexível e confeccionada nos mais diversos tecidos. Figurinos que garantem proteção com mobilidade. Coletes em estilo safári, agasalhos coloridos, jaquetas com acabamento em couro. Roupa esporte.

O preço? Sob consulta. Mas há boas promoções. Você pode comprar um colete III (que resiste a calibres acima de 9mm) pelo preço de um colete II.

A jaqueta é reversível? Não, mas o miolo balístico é removível. E viva a rima.

Ainda bem que nós aqui do Sul, gaúchos, temos o hábito e o dever de nos agasalhar em função do nosso inverno gelado. No tropicalíssimo Rio de Janeiro, onde essa moda tem ainda mais urgência de ser comercializada, não sei como vão fazer. Biquínis balísticos? Camisetas regatas dissimuladas? Nada que um bom estilista não resolva. Mas ele tem que ser rápido.

Tente ver o lado positivo disso tudo: sai mais em conta ter uma jaqueta blindada do que um carro blindado, sem falar que a jaqueta vai com você para qualquer lugar, de agências bancárias a pátios de universidade. O carro só lhe protege enquanto você está dentro dele.

Outro dia escrevi uma coluna reclamando contra o fato de a violência ter se tornado algo natural. Estava indignada pelo fato de a gente ter se acostumado a sentir medo. Aí me disseram que eu andava muito alarmada e que isso não tinha cabimento, afinal, a vida não anda tão brutal assim. Então recebi o catálogo de Roupas Balísticas Dissimuladas e resolvi que realmente era hora de escrever sobre algo mais leve, como moda, por exemplo.

ORGASMATRON

Leio estupefata a notícia de que está sendo testado nos Estados Unidos um dispositivo chamado Osgasmatron, que provoca orgasmos espontâneos e instantâneos nas mulheres. É um eletrodo cujos fios são instalados na pele e na medula espinhal da paciente. Os médicos dizem que os riscos não são maiores do que uma anestesia peridural. O aparelho, do tamanho de um marca-passo, poderá vir a ser comercializado daqui a alguns anos.

Só mesmo uma mulher que nunca teve um orgasmo – e, portanto, cheia de expectativas mirabolantes – para se predispor a instalar fios na sua medula para provocar um. E quem vai proporcionar os beijos, os abraços, os cafunés, as massagens na nuca, o contato entre os corpos? Quem vai produzir o cheiro e a voz, que eletrodo vai fazer o papel do outro? Vamos recapitular umas liçõezinhas do passado: sexo é maravilhoso. E masturbação também não deixa nada a desejar, é um método muito eficiente para atingir o clímax, necessita apenas de um pouquinho de estímulo mental e físico. Agora, orgasmo instantâneo, sem a gente nem mesmo precisar fantasiar? Orgasmo como se fosse um beliscão? Um, dois e já? Má notícia: não compensa. Melhor comer uma barra de chocolate ou comprar uma roupa nova, o prazer vai ser quase o mesmo.

Vivemos numa era em que só nos interessa o resultado imediato, "chegar lá" o mais rápido possível, sem se preocupar com o percurso, com o caminho, com o trajeto. Ter dinheiro sem precisar trabalhar, ter fama sem precisar ter algum talento, ter um corpo perfeito sem precisar praticar exercícios, e agora essa: ter orgasmos sem precisar transar. Claro que esse Orgasmatron é fruto de uma boa intenção, pretende beneficiar as mulheres com disfunções sexuais, mas eu ainda insistiria nos métodos arcaicos: terapia, autoconhecimento, relaxamento, enfim, coisas que facilitem o surgimento de um prazer sem culpa e sem limitações. Se não der certo, então esqueça o orgasmo, não há razão para idolatrá-lo a ponto de se submeter a malabarismos tecnológicos. É muito investimento para uma sensação tão breve e que só é realmente gratificante quando resulta de uma excitação. Osgasmatron é para robôs. Já para um ser humano, outro ser humano ainda é a melhor pedida.

QUEM É IDOSO?

Não estou certa se o Dia do Idoso foi 27 de setembro ou se é hoje, primeiro dia de outubro, mas se esses dias comemorativos servem para alguma coisa, é para estimular a reflexão, então, vamos lá.

O que é um idoso? O dicionário é simplista, responde que é um indivíduo que tem bastante idade, e, segundo as estatísticas, bastante idade é mais de 60, o que inclui na lista Caetano Veloso, Martin Scorsese, José Celso Martinez Corrêa, Mick Jagger, Harrison Ford... alguns desses velhinhos já podem andar de ônibus de graça.

Nos países da Europa e nos Estados Unidos demora-se mais para ficar idoso, já que eles têm um melhor padrão de vida. Com dinheiro no bolso, assistência médica e quase nenhum risco de sofrer uma violência, é mais fácil chegar tinindo na suprema maturidade. Bem, tinindo é exagero. Mas ainda com um ótimo aproveitamento social, digamos assim.

De onde se conclui que um país que não cuida da gente é um país que nos envelhece mais rápido. É comum vermos uma mulher da roça, castigada pelo trabalho duro e pelo sol, chegar aos 30 anos com um rostinho de 50. Homens de 45 anos que não conseguem emprego ficam deprimidos e sem viço como se tivessem 90. Garotos de 12 anos que se armam e se drogam agem como adultos. Todos nós ficamos mais velhos na medida em que temos nossas vidas jogadas no limbo, sem nenhuma chance de redenção e dignidade. O Brasil poderia ser para sempre um país de jovens de qualquer idade, mas somos um país de velhos ainda muito novos.

Já que pouco pode-se esperar do governo – eu, ao menos, já não espero nada há muito tempo de governo algum –, resta à sociedade tratar de dar um jeito para não envelhecer precocemente a si mesma. Como? Não estimulando meninas de 10 anos a se comportarem como se tivessem 16, nem garotos de 16 a se comportarem como experientes pitbulls. E não esquecendo que uma pessoa de 40 pode ser garçom, violinista, auxiliar de escritório, ator, carpinteiro, motorista de táxi, balconista: empregue-o e ele continuará tendo 40, caso contrário você estará antecipando o seu centenário.

Se o governo não produz, e não produzindo não emprega, que chance terá quem é considerado improdutivo assim que entra na meia-idade? Não me conforta saber que nossa expectativa de vida cresceu muito no último século. A expectativa em relação à nossa mentalidade segue bem baixa.

A MORTE NA VIDA DE CADA UM

Quem tem a chance de cursar uma faculdade pode escolher a profissão que bem entender. Psicólogo, engenheiro, jornalista, biólogo, sem falar na medicina e suas diversas especialidades. Pois uma coisa nunca entrou na minha cabeça: como alguém, diante de tantas alternativas, resolve se especializar em oncologia? O que faz alguém se sentir emocionalmente apto para tratar diretamente com a morte? O câncer já não é uma doença fatal, os medicamentos e a tecnologia conseguem reverter grande parte dos casos, mas, ainda assim, é uma espada sobre a cabeça de todos. A qualquer momento, qualquer pessoa, de qualquer idade e com qualquer hábito de vida, pode estar desenvolvendo um câncer em algum lugar do corpo, e isso é amedrontador. Esse inimigo oculto será enfrentado pelo oncologista, que ganhará a luta muitas vezes, perderá outras tantas, e que conviverá dia após dia com a aflição extrema de seus pacientes. Eu tinha certeza de que esses médicos deitavam-se à noite, exaustos, e se perguntavam por que diabos não optaram por ser oftalmo ou otorrinolaringologistas.

Passei a reconsiderar todas essas minhas especulações depois de ler *Por um fio*, do doutor Dráuzio Varella. O livro, que teria tudo para ser mórbido, é de uma delicadeza comovente. Não traz relatos de dor e desespero, e sim relatos de generosidade, de gratidão, de lembranças ternas do passado e até relatos de um humor surpreendente diante da iminência do fim.

Todos nós, se pudéssemos escolher, preferiríamos morrer dormindo ou num acidente rápido e indolor. Sair de cena subitamente, para não sofrer. Pois até isso o livro me fez questionar. Não havendo agonia física, a consciência de que iremos partir em breve pode ser um momento de reconciliação com os outros e consigo próprio, pode ser um momento de reflexão e despedida, pode ser um momento de perdão e de profundo conforto, pois nessa hora é que percebemos que nossa passagem pela terra não foi em vão, caso contrário, o que estaria fazendo esta gente toda no quarto do hospital, em volta do leito, contando piada e tentando lhe animar? Não há como não lembrar do filme *Invasões bárbaras,* que mostra o quanto é desestabilizante saber que se vai morrer num prazo curto de tempo, mas que mostra também que é uma grande oportunidade de preencher lacunas afetivas e fazer um inventário dos nossos ideais e emoções.

A morte nunca será uma situação fácil, mas não precisa necessariamente ser dramática. O livro de Dráuzio Varella, com elegância e sutileza, demonstra isto: se há tragédia, é na vida daqueles que não têm do que recordar, não têm de quem sentir saudades, que olham para trás e descobrem que não fizeram nada, que não foram importantes para ninguém. Essa aridez e precariedade é a verdadeira morte. Para os que souberam valorizar o que tinham em mãos, a morte apavora quando se apresenta, mas, aos poucos, os doentes tornam-se mais serenos, e menos onipotentes seus médicos. Segundo o doutor Dráuzio – e talvez por isso tantos escolham esta profissão –, a oncologia é uma lição permanente de humildade.

OS EXCLUÍDOS

Ao contrário do que o título desta crônica possa sugerir, não vou falar sobre aqueles que vivem à margem da sociedade, sem trabalho, sem estudo e sem comida. Quero fazer uma homenagem aos excluídos emocionais, os que vivem sem alguém para dar as mãos no cinema, os que vivem sem alguém para telefonar no final do dia, os que vivem sem alguém com quem enroscar os pés embaixo do cobertor. São igualmente famintos, carentes de um toque no cabelo, de um olhar admirado, de um beijo longo, sem pressa pra acabar.

A maioria deles são solteiros, os sem-namorado. Os que não têm com quem dividir a conta, não têm com quem dividir os problemas, com quem viajar no final de semana. É impossível ser feliz sozinho? Não, é muito possível, se isso é um desejo genuíno, uma vontade real, uma escolha. Mas se é uma fatalidade ao avesso – o amor esqueceu de acontecer – aí não tem jeito: faz falta um ombro, faz falta um corpo.

E há aqueles que têm amante, marido, esposa, rolo, caso, ficante, namorado, e ainda assim é um excluído. Porque já ultrapassou a fronteira da excitação inicial, entrou pra zona de rebaixamento, onde todos os dias são iguais, todos os abraços, banais, todas as cenas, previsíveis. Não são infelizes e nem se sentem abandonados. Eles possuem um relacionamento constante, alguém para acompanhá-los nas reuniões familiares, alguém para apresentar para o patrão nas festas da empresa. Eles não estão sós, tecnicamente falando. Mas a expulsão do mundo dos apaixonados se deu há muito. Perderam a carteirinha de sócios. Não são mais bem-vindos ao clube.

Como é que se sabe que é um excluído? Vejamos: você passa por um casal que está se beijando na rua – não um beijinho qualquer, mas um beijo indecente como tem que ser, que torna tudo em volta irrelevante, incluindo você. Se bater uma saudade de um tempo que parece ter sido vivido antes de Cristo, se você sentir uma fisgada na virilha e tiver a impressão de que um beijo assim é algo que jamais se repetirá em sua vida, se de certa forma esse beijo a que você assistiu parece um ato de violência – porque lhe dói – então você está fora de combate, é um excluído.

A boa notícia: você não é um sem-trabalho, sem-estudo e sem comida – é apenas um sem-paixão. Sua exclusão pode ser temporária, não precisa ser fatal. Menos ponderação, menos acomodação, e olha só você atualizando sua carteirinha. O clube segue de portas abertas.

ESTRANGEIRISMOS

Um leitor me escreveu sugerindo que eu abordasse o problema do excesso de palavras estrangeiras no nosso vocabulário. Agradeci, mas disse a ele que esse era um assunto que não me causava grande frisson (ai). No entanto, por uma dessas incríveis coincidências, recebi dias depois o recém-lançado *Dicionário de palavras & expressões estrangeiras*, organizado pelo professor Luís Augusto Fischer, que lista 1.557 estrangeirismos utilizados na língua portuguesa, e me identifiquei tanto com a forma divertida e desestressada do texto que resolvi abordar esse tema espinhoso.

A verdade é que, assim como o professor Fischer, eu não concordo que o nosso idioma pátrio esteja ameaçado. A absorção de palavras estrangeiras é algo natural em qualquer cultura, e não vejo motivo para organizar uma resistência. Acho patético escrever xóping em vez de shopping, como se isso fosse nos preservar do domínio imperialista. Ninguém está a perigo, a não ser o bom senso e o bom gosto.

Nas relações profissionais, há um exagero evidente. Fazer um meeting em vez de uma reunião, apresentar um paper em vez de um relatório, aprovar um budget em vez de um orçamento, tudo isso causa o efeito contrário ao desejado: em vez de charmoso, fica cafona. Assim como batizar empresas nacionais com nomes como Quality, Responsability, Severity. E sem falar nos abomináveis Moreira's Bar ou Silvia's Cabeleireiros. O apóstrofo foi uma onda, já era. Resquícios de um deslumbre.

De qualquer maneira, nada disso põe em risco a permanência do nosso bom e amado português, que continua sendo nossa língua falada, escrita e cantada. Para preservá-lo, que se invista mais em bibliotecas e no ensino do país, e não em patrulha. Minha brasilidade não é agredida quando alguém agradece meu feedback, ou diz que anda numa bad trip, ou que prefere uma música mais cool, ou que deixou o currículo com um headhunter, ou me convida para um happy hour. Na maioria das vezes, é apenas um reforço de expressão. Não mata ninguém.

E para não ficar pegando no pé apenas dos vocábulos de origem inglesa, digo que sou solidária também com quem reclama dos paparazzi, prefere apartamentos com mezanino e adora uma trattoria. Ou com quem costuma tirar uma soneca numa chaise-longue, está em tour pelo mundo ou tem um affair – aliás, se preferir um ménage à trois, vá em frente, não sou pudica em relação a palavras.

A priori, a posteriori, ad infinitum: já ia esquecendo do latim. Como viver sem uma errata, nós que nos equivocamos tanto? Impossível extinguir essas expressões do nosso vocabulário. Muitas delas são de uso corrente na imprensa, na literatura e nos bate-papos – tive um insight, vou fazer um check-up, o cara é um gentleman. E tem ainda as que se aportuguesaram: abajur, ateliê, gangue. Vivemos na era da tecnologia, é contraproducente torcer o nariz para downloads, e-mails e winchesters. Adaptemo-nos. Os idiomas – o nosso e o de todos – estão em constante movimento. C'est la vie.

A IMPORTÂNCIA DE PERDER PESO

Vou ao supermercado e constato o crescimento do setor de dietéticos. Abro revistas e me deparo com as exigências de se ter um corpo esbelto. As clínicas de cirurgia plástica estão com a agenda lotada de homens e mulheres esperando sua vez para lipoaspirar, cortar, reduzir. A sociedade toda conspira a favor da magreza, e de certo modo isso é positivo, ser magro faz bem para a autoestima e para a saúde. Mas não tenho visto ninguém estimular outro tipo de dieta igualmente necessária para o bem-estar da população. Encontro suco light, chocolate light, iogurte light, mas pessoas light é raridade.

Muita gente se preocupa em ser magro, mas não se preocupa em ser leve. Tem criatura aí pesando 48 quilos e que é um chumbo. São aqueles que vivem se queixando. Possuem complexo de perseguição, acham que o planeta inteiro está contra eles. Não se dão conta da sua arrogância, possuem a certeza de que são a razão da existência do universo. Estão sempre dispostos a fazer uma piadinha maldosa, uma fofoquinha desabonadora sobre alguém. Ressentidos, puxam o tapete dos outros para se manter em pé. Não conseguem ver graça em nada, não relevam as chatices comuns do dia a dia, levam tudo demasiadamente a sério. São patrulhadores, censores, carregam as dores do mundo nas costas. Magrinhos, é verdade. Mas que gente pesada.

Ser minimalista todo mundo acha moderno, mas ser leve – cruzes! – parece pecado mortal. Os leves, segundo os pesados, não têm substância, não têm profundidade, não têm consistência intelectual: não são leves, e sim levianos. Os pesados não conseguem fechar o zíper das suas roupas de tanto preconceito saltando pra fora.

Não bastasse a carga tributária, a violência, a burocracia e a corrupção, ainda temos que enfrentar pessoas rudes, sem a menor vocação para se divertir. Diversão – segundo os pesados, mais uma vez – é algo alienante e sem serventia. Eles não entendem como alguém pode extrair prazer de coisas sérias como o trabalho e a família. Não entendem como é que tem gente que consegue viver sem armar barracos e criar problemas.

Eu proponho uma campanha de saúde pública: vamos ser mais bem-humorados, mais desarmados. Podemos ser cidadãos sérios e respeitáveis e, ao mesmo tempo, leves. Basta agir com mais delicadeza, soltura, autenticidade, sem obediência cega às convenções, aos padrões, aos patrões. Um pouco mais de jogo de cintura, de criatividade, de respeito às escolhas alheias. Vamos deixar para sofrer pelo que é realmente trágico, e não por aquilo que é apenas um incômodo, senão fica impraticável atravessar os dias.

Dores de amor, falta de grana e angústias existenciais são contingências da vida, mas você não precisa soterrar os outros com seus lamentos e más vibrações. Sustente seu próprio fardo e esforce-se para aliviá-lo. Emagreça onde tem que emagrecer: no espírito, no humor. E coma de tudo, se isso ajudar.

LÁPIS, CADERNO E BORRACHA

Aconteceu em dezembro passado: "O que você pediu para o Papai Noel?", perguntou o repórter a um menino que vivia num barraco e que usava um calçãozinho três números menor do que o seu corpo exigia. Suspirei fundo. Que repórter é esse que coloca uma câmera de televisão na frente de uma criança que provavelmente nunca teve um sonho atendido? "Material escolar", respondeu o menino.

O menino queria ganhar material escolar de Natal. Iria pra escola em março, queria lápis, borracha e caderno, que o pai não podia comprar.

Corta para o repórter entrevistando o pai. Ficassem tranquilos os telespectadores, o menino teria seu lápis, borracha e caderno na noite de Natal, seria seu primeiro presente em sete anos de vida, seu primeiro sonho atendido. Meu coração ficou do tamanho de meio amendoim.

Na hora não pensei que maravilhoso era ver um menino humilde ir para a escola. Pois a notícia era esta, um menino, ao vivo, em rede nacional, escapando da marginalidade, com chance de estudar e, caso os deuses seguissem abençoando sua família, assim seria nos próximos anos, e um futuro decente o aguardaria no final do arco-íris.

Bela história, e meu coração nem assim voltava ao tamanho normal, meus batimentos eu nem sentia. Material escolar de presente de Natal, dois meses antes do início das aulas, é um bofetão cuja dor não passa rapidinho, trocando de canal. Semana passada entrei numa livraria com uma lista na mão e enchi o cestinho com canetas hidrocor, massa de modelar, papel celofane, tesoura, pincel, glitter, essas coisas que escolas exigem nos primeiros anos do ensino fundamental e que mais parecem brinquedos, e penso que o brinquedo que aquele garoto ganhou de Natal foi lápis, borracha e caderno, e não caminhãozinho, bola, skate. Só lápis, borracha e caderno. Que qualquer pai deveria poder comprar folgadamente com seu salário mensal, dias antes do início das aulas, como fazemos com nossos filhos, os maiores ainda adquirindo livros, arquivos, pastas e mochilas, tudo entregue a eles de mão beijada porque é nossa obrigação. Não é Natal.

Mas é Natal pra quem finalmente vai poder estudar, pra quem conseguiu ter seu lápis, sua borracha e seu caderno, pra quem precisa trocar o lúdico pelo útil, pra quem precisa de datas especiais para conquistar o que deveria ser um direito.

Saí da livraria com duas sacolas cheias de cartolinas, giz de cera, réguas e estojos coloridos. Estamos no início de ano letivo, apenas isso. Mas para diversos meninos e meninas – haja coração – estudar é Natal.

O REINADO DO CELULAR

De alto a baixo da pirâmide social, quase todas as pessoas que eu conheço possuem celular. É realmente um grande quebra-galho. Quando estamos na rua e precisamos dar um recado, é só sacar o aparelhinho da bolsa e resolver a questão, caso não dê pra esperar até chegar em casa. Pra isso – e só pra isso – serve o telefone móvel, na minha inocente opinião.

Ao contrário da maioria das mulheres, nunca fui fanática por telefone, incluindo o fixo. Uso com muito comedimento para resolver assuntos de trabalho, combinar encontros, cumprimentar alguém, essas coisas relativamente rápidas. Fazer visita por telefone é algo para o qual não tenho a menor paciência. Por celular, muito menos. Considero-o um excelente resolvedor de pendências e nada mais.

Logo, você pode imaginar meu espanto ao constatar como essa engenhoca se transformou no símbolo da neurose urbana. Outro dia fui assistir a um show. Minutos antes de começar, o lobby do teatro estava repleto de pessoas falando ao celular. "Vou ter que desligar, o espetáculo vai começar agora." Era como se todos estivessem se despedindo antes de embarcar para a lua. Ao término do show, as luzes do teatro mal tinham acendido quando todos voltaram a ligar seus celulares e instantaneamente se puseram a discar. Para quem?

Para quê? Para contar sobre o show para os amigos, para saber o saldo no banco, para o tele-horóscopo?? Nunca vi tamanha urgência em se comunicar à distância. Conversar entre si, com o sujeito ao lado, quase ninguém conversava.

O celular deixou de ser uma necessidade para virar uma ansiedade. E toda ânsia nos mantém reféns. Quando vejo alguém checando suas mensagens a todo minuto e fazendo ligações triviais em público, não imagino estar diante de uma pessoa ocupada e poderosa, e sim de uma pessoa rendida: alguém que não possui mais controle sobre seu tempo, alguém que não consegue mais ficar em silêncio e em privacidade. E deixar celular em cima de mesa de restaurante, só perdoo se o cara estiver com a mãe no leito de morte e for ligeiramente surdo.

Isso tudo me ocorreu enquanto lia o livro infantil *O menino que queria ser celular*, de Marcelo Pires, com ilustrações de Roberto Lautert. Conta a história de um garotinho que não suporta mais a falta de comunicação com o pai e a mãe, já que ambos não conseguem desligar o celular nem por um instante, nem no final de semana – levam o celular até para o banheiro. O menino não tem vez. Aí a ideia: se ele fosse um celular, receberia muito mais atenção.

Não é história da carochinha, isso rola pra valer. Adultos e adolescentes estão virando dependentes de um aparelho telefônico e desenvolvendo uma nova fobia: medo de ser esquecido. E dá-lhe falar a toda hora, por qualquer motivo, numa esquizofrenia considerada, ora, ora, moderna.

Os celulares estão cada dia menores e mais fininhos. Mas são eles que estão botando muita gente na palma da mão.

DO SEU JEITO

"I've lived a life that's full/I've traveled each and every highway/ But more, much more than this/I've lived it my way."

Este é um verso de *My Way*, canção que foi imortalizada por Frank Sinatra e que também foi gravada pelo Sex Pistols e por Nina Hagen. É a história de um cara que viajou, amou, riu e chorou como todo mundo, mas fez isso do jeito dele. Numa sociedade cada vez mais padronizada, essa letra deveria virar hino nacional.

Abro revistas e encontro fórmulas prontas de comportamento: como ser feliz no casamento, como ter uma trajetória de sucesso, como manter-se jovem. Resolve-se a questão com meia dúzia de conselhos rápidos. Para ser feliz no casamento, todo mundo deve reinventar a relação diariamente. Para ter uma trajetória de sucesso, todo mundo deve ser comunicativo e saber inglês. Para manter-se jovem, todo mundo deve parar de fumar e beber. Todo mundo quem, cara pálida?

Todo mundo é um conceito abstrato, uma generalização. Ninguém pode saber o que é melhor para *cada um*. Fórmulas e tendências servem apenas como sinalizadores de comportamento, mas para conquistar satisfação pessoal pra valer, só vivendo do jeito que a gente acha que deve, estejamos ou não enquadrados no que se convencionou chamar de "normal".

O casamento é a instituição mais visada pelas "fórmulas que servem para todos". Na verdade, todos convivem com o casamento desde a infância. Nossos pais são ou foram casados, e por isso acreditamos saber na prática o que funciona e o que não funciona. Só que a prática era deles, não nossa. A gente apenas testemunhou, e bem caladinhos. Ainda assim, a maioria dos noivos diz "sim" diante do padre já com um roteiro esquematizado na cabeça, sabendo exatamente os exemplos que pretende reproduzir de seus pais e os exemplos a evitar. Porém, noivo e noiva não tiveram os mesmos pais, e nada é mais diferente do que a família do outro. Curto-circuito à vista.

É mais fácil imitar, seguir a onda, fazer de um jeito já testado por muitos, e se não der certo, tudo bem, até reações de angústia e desconsolo podem ser macaqueadas, nossas dores e medos muitas vezes são herdados e a gente nem percebe, amamos e sofremos de um jeito universal. Agir como todo mundo é moleza. Bendito descanso pra cabeça: é uma facilidade terem roteirizado a vida por nós. Mas, cedo ou tarde, a conta vem, e geralmente é salgada.

Fazer do seu jeito – amores, moda, horários, viagens, trabalho, ócio – é uma maneira de ficar em paz consigo mesmo e, de lambuja, firmar sua personalidade, destacar-se da paisagem. Claro que não se deve lutar insanamente contra as convenções só por serem convenções – muitas delas nos servem, e se nos servem, nada há de errado com elas. Estão aí para facilitar nossa vida. Mas se não facilitam, outro jeito há de ter. Um jeito próprio de ser alguém, em vez de simplesmente reproduzir os diversos jeitos coletivos de ser mais um.

AI DE MIM

Mesmo quem não leu, já deve ter ouvido falar das famosas *Cartas portuguesas*, de Mariana Alcoforado. Para muitos estudiosos, realmente existiu uma religiosa portuguesa que entrou para o convento aos doze anos de idade e tempos depois viveu uma tórrida paixão com um oficial francês, pelo qual foi abandonada. As cartas que ela lhe enviou ficaram célebres pela demonstração de um amor alucinado, de uma entrega sem limites, ainda que haja quem aposte em golpe de marketing do editor: ele teria sonegado o nome do verdadeiro autor e atribuído as cartas a uma freira só para dar mais popularidade à obra. Sim, estratégias de marketing não foram inventadas pelo Duda Mendonça, estamos falando de um livro publicado em 1669.

São apenas cinco cartas, e no entanto Mariana Alcoforado utiliza quinze vezes a expressão "ai de mim". Ai de mim, não posso suportar sua indiferença. Ai de mim, me encontro a sofrer sozinha tal desgraça. Ai de mim, por que usas de tamanho rigor para um coração que é teu?

Com todo respeito: não parece portuguesa e sim mexicana. Não temos a versão do rapaz, mas percebe-se que não foi pequeno o estrago que causou. Coisas de antigamente? É bem verdade que estamos falando de algo acontecido 336 anos atrás, porém, surpresa: é só abrir uma revista feminina ou entabular uma conversa com uma mulher moderna para descobrir que o ai de mim segue firme nas paradas de sucesso, apenas com variações tipo "não aguento mais tanta responsabilidade" ou "são muitos papéis para uma mulher só". Ai de nós.

Não vou tirar meu corpinho fora, eu também tenho minhas queixas, não anda fácil ser mulher depois que resolvemos exigir o que nos era de direito, ou seja, tudo. Mas o preço é este: estresse, fadiga e saudades do bem-bom. Agora Inês é morta, temos que segurar a onda e não exagerar na chiadeira. Uma reclamadinha rápida, tudo bem, mas, depois, todas de volta ao trabalho, à academia, ao supermercado, às tarefas cotidianas. Agenda cheia? Comemore. Chega de ais.

Eu sei que os quinze ais da Mariana Alcoforado não tinham a ver com essas trivialidades: ela lamentava um amor arrancado a fórceps de dentro dela. Seu homem se fora. Doía no século XVII, dói no terceiro milênio, certas coisas não mudam. Mas convém não banalizar o lamento: andamos distribuindo ais feito santinho de candidato. Ais por não encontrar o homem ideal, ais porque estamos gordas, ais porque o casamento anda asfixiante, ais porque não temos tempo, ais porque ninguém nos compreende. Vítimas do quê? Das nossas próprias exigências. Que eu saiba, não há ninguém nos apontando uma faca e nos obrigando a ser perfeitas.

Mulheres com tragédia nas costas, mulheres que perderam filhos, mulheres sem expectativa de dignidade, essas fazem nossos ais parecerem o que são: manha. Que a gente se entristeça, tudo bem, mas sem superdimensionar a dor. O cara te deixou? Terrível. Mas não radicalize: se você pegar um táxi e mandar o motorista seguir para o convento, periga ele perguntar se é nome de algum restaurante. Fique onde está. Cure-se aí mesmo, sem dramatizar e sem desperdiçar seus ais. Nunca se sabe quando realmente precisaremos deles.

ABREVIADOS

Nem faz tanto tempo assim, as pessoas diziam vosmecê. "Vosmecê me concede a honra desta dança?" Com o tempo, fomos deixando a formalidade de lado e adotamos uma forma sincopada, o popular você. "Você quer ouvir uns discos lá em casa?" Parecia que as coisas ficariam por isso mesmo, mas o mundo, definitivamente, não se acomoda. Nessa onda de tornar tudo mais prático e funcional, as palavras começaram a perder algumas vogais pelo caminho e se transformaram em abreviaturas esdrúxulas, e você virou vc. "Vc q tc cmg?"

Nenhuma linguagem é estática, elas acompanham as exigências da época, ganham e perdem significados, mudam de função. Gírias, palavrões, nada se mantém o mesmo. Qual é o espanto?

Espanto, aliás, já é palavra em desuso: ninguém mais se espanta com coisa alguma. No máximo, ficamos levemente surpreendidos, que é como fiquei quando soube que um dos canais do Telecine iria abrir um horário às terças-feiras para exibir filmes com legendas abreviadas, tal qual acontece nos chats. Uma estratégia mercadológica para conquistar a audiência mais jovem, naturalmente, mas e se a moda pegar?

Hoje, são as legendas de um filme. Amanhã, poderá ser lançada uma revista toda escrita nesse código, e depois quem sabe um livro, e de repente estará todo mundo ganhando tempo e escrevendo apenas com consoantes – adeus, vogais, fim de linha pra vocês.

O receio de todo cronista é ficar datado, mas, em contrapartida, dizem que é importante esse nosso registro do cotidiano, para que nossos descendentes saibam, um dia, o que se passava nesta nossa cabecinha jurássica. Posso imaginar, daqui a 50 anos, meus netos gargalhando diante deste meu texto: "ctd d vv".

Coitada da vovó, mesmo. Às vezes me sinto uma anciã, lamentando o quanto a vida está ficando miserável. Não se trata apenas dos miseráveis sem comida, sem teto e sem saúde, o que já é um descalabro, mas da nossa miséria opcional. Abreviamos sentimentos, abreviamos conversas, abreviamos convivência, abreviamos o ócio, fazemos tudo ligeiro, atropelando nosso amor-próprio, nosso discernimento, vivendo resumidamente, com flashes do que outrora se chamou arte, com uma ideia indistinta do que outrora se chamou de liberdade. Todos espiam todos, sabem da vida de todos, e não conhecem ninguém. Modernidade ou penúria?

As vogais são apenas cinco. Perdê-las é uma metáfora. Cada dia abandonamos as poucas coisas em nós que são abertas e pronunciáveis.

Daqui a pouco vamos apenas rugir. Grrrrrrrr. E voltar para as cavernas de onde todos viemos.

NÃO SEI NÃO É RESPOSTA

Era complicado ser criança na minha época. Cada vez que eu julgava estar sendo vítima de uma injustiça e tentava contra-argumentar, ouvia de meus pais: "Não me responda!". Como assim, não responder? Eles me davam bronca por coisas que nem eram assim tão graves – como fazem todos os pais impacientes, e todos são – e eu não podia me defender? Não podia. Pai e mãe, naqueles remotos tempos, tinham sempre razão. Criança não apitava.

Aí entrei na adolescência acreditando que aquele tal de "não me responda" poderia vir a calhar, já que eles começaram a fazer perguntas difíceis como "você vai conosco nas bodas de ouro da sua tia"? ou "de quem é essa carteira de cigarro escondida no meio das suas roupas?". Na tentativa de ganhar tempo, eu balbuciava "eu... eu..." na esperança de que eles me dissessem: "não me responda"; mas que nada, eles ficavam bem quietos, olhando fundo nos meus olhos, esperando o desenrolar da cena. Só me restava concluir a frase: "Eu...eu... não sei".

Não sei não é resposta. Cresci ouvindo essa máxima e, pior, já me vali desse expediente para arrancar depoimentos mais elaborados das minhas filhas, mas reconheço que é golpe baixo. Excentuando-se as naturais enrolações da adolescência, "não sei" é a resposta mais honesta que alguém pode dar.

Eu faço que sei, mas sei quase nada. Não sei as coisas mais sérias que se espera que um adulto saiba, como, por exemplo, o que eu quero ser quando crescer. Já cresci?? Pois ainda tenho diversas interrogações sobre o amor, sobre o futuro, sobre a morte e sobre a vida. Não sei por que faço coisas que não tenho vontade. Não sei por que me deixo enganar por mim mesma tantas vezes. Não sei por que me sinto culpada quando nego alguns convites e pedidos. Não sei por que se sentir aprovada pelos outros é tão importante. Não sei por que a solidão é tão temida, já que somente a sós podemos ser 100% quem a gente é.

Não sei por que me dá mais satisfação ficar em casa lendo um livro do que ir a uma festa, não sei por que me atrapalho socialmente, por que me prefiro calada, por que todo mundo parece tão mais à vontade do que eu. E também não sei por que estou chorando, quando choro. Alguém sabe por que está chorando?

E se alguém me perguntasse por que a religião, que é uma coisa que deveria trazer paz e promover a fraternidade, transforma as pessoas em fanáticos intolerantes, eu responderia: não sei. Não entendo a razão de tanta gente brigar entre si pelo simples fato de pensar diferente e desejar viver sua própria vida a seu modo.

Sobre aquela carteira de cigarro escondida no meio da roupas, era minha, numa idade em que eu era tola o suficiente para acreditar que fumar era bacana. Mas como eu tinha apenas treze anos, achei melhor enrolar.

FORA DE FOCO

Eu estava sentada na sala de embarque do aeroporto, aguardando a chamada do voo, quando minha paz foi interrompida por um senhor aflito que dizia: "Estava aqui, tenho certeza, ainda tem que estar por aqui". A mulher dele já não tinha esperança de encontrar o que o marido havia perdido, mas ele estava inconformado e não pretendia desistir: "Não posso viajar sem eles, não posso". Eles quem? Documentos? Filhos? Era coisa séria, sem dúvida. O homem suava, passava a mão na nuca e fiscalizava todos os assentos, um por um, olhando bem de perto, franzindo os olhos para ajustar o foco. Até que um adolescente foi até o casal com um objeto juntado do chão e perguntou se era aquilo que procuravam. Nunca vi êxtase igual. "Graças a Deus! Meus óculos!!!"

Tempos atrás eu teria achado o episódio exagerado. O homem passava por cima das pernas das outras pessoas, levantava bolsas, pacotes, parecia um cão farejador. Se tivesse perdido os filhos, vá lá, mas tanto alvoroço e gritaria por um par de óculos?

Tempos atrás eu ainda enxergava feito uma águia, não tinha como entender.

Já havia escutado alguns comentários sobre o efeito que a entrada nos 40 anos exerce sobre os olhos do aniversariante.

Diziam que era tudo muito rápido: num dia via-se o mundo em alta definição, no outro ele amanhecia embaçado. Eu não acreditava muito nisso, mas foi exatamente assim: num dia eu vi o mundo em alta definição, no outro eu trouxe pra casa um produto com o prazo de validade vencido porque enxerguei 2008 onde estava escrito 2003.

Uma visitinha ao oftalmo e minha sorte estava lançada: adicionaria ao meu visual um belo par de lentes bifocais. Só para ler, tentou me consolar o médico. Pensei: tudo bem. Apenas para ler um livro, uma revista, um jornal. Uso doméstico, nem preciso carregar na bolsa. Até que me vi plantada numa loja de discos segurando um CD da Gretchen achando que estava escrito Gershwin. A verdade é que até quem não gosta de ler lê a toda hora: bulas, rótulos, outdoors, placas de trânsito, etiquetas, cheques, mapas, regulamentos, cardápios, mensagens do celular. Óculos só para ler significa óculos no mínimo 16 horas por dia, isso no caso de você sonhar sem legendas.

Hoje de manhã precisei dos meus óculos e não os encontrei onde sempre costumam estar. Procurei aqui, ali, e nada. Lembrei do homem do aeroporto, que quase teve um piripaque diante da possibilidade de viajar sem seus óculos. Eu não estava embarcando para lugar algum, queria apenas procurar uma rua no guia telefônico, e foi então que percebi a falta que ele me faria caso eu não o encontrasse. Mas o encontrei. Está em cima do meu nariz neste exato momento, lembrando que na vida há o tempo de ser águia e o tempo de se conformar em ser um homem – ou mulher – morcego.

"CARRO PRA MACHO"

Soube que o cantor Lenny Kravitz só anda de avião quando não há outra alternativa. Para realizar o show da próxima terça em Porto Alegre, chegou a pensar em vir por via terrestre, desde Buenos Aires, mas parece que reconsiderou. No entanto, pretende seguir daqui para São Paulo pela estrada.

Um friozinho na barriga todo mundo sente ao decolar, mas se negar a entrar num boeing é uma atitude radical demais: reduz as oportunidades de vida. Muitas pessoas que necessitam viajar por razões profissionais não conseguem vencer o pânico e só se locomovem de ônibus ou carro. Perdem tempo, se cansam, mas não voam. E se o compromisso for fora do país, abrem mão. Não viajam lá em cima por dinheiro algum.

Fobia é doença, portanto, respeito essa dificuldade que muitos têm. Mas eles não estão mais seguros aqui embaixo. Aterrorizante, hoje em dia, é estrada. Ainda mais quando a gente se depara com anúncios como o que saiu semana passada numa revista de circulação nacional. O título: *Homem que é homem não buzina. Assusta o carro da frente.* E a foto mostrava uma caminhonete enorme, ameaçadora – *Um carro pra macho*, dizia o slogan. No texto, pérolas como *Uma picape alta, forte, robusta, feita pra você que é homem de verdade.* Continuava: *Atrás, o espaço também é fantástico. Você vai se sentir no sofá da sua casa, principalmente se estiver em boa companhia.* Dá-lhe, don juan. E o encerramento do texto deve ter feito os brutamontes baterem no próprio peito feito gorilas: *Prove que você não tem medo de carro grande, entre numa concessionária e dê uma porrada na mesa.* Que "meda".

Eu adoro homens de mentira, que andam em carros de tamanho normal e que, mesmo no volante de uma caminhonete, dirigem sensatamente, sem pretender matar do coração o coitado do motorista da frente. Em contrapartida, merece apenas desprezo este tal "homem de verdade", cuja potência e robustez depende de 331 cavalos – os 330 da picape mais ele próprio.

Se eu tivesse a honra de bater um papinho com Lenny Kravitz, diria a ele pra tentar vencer essa sua resistência em viajar de avião. Umas turbulenciazinhas não matam ninguém. Ou matam muito menos do que homens de verdade a bordo de carros para macho, seja lá o que isso signifique. Voe, Kravitz, e evite cruzar com os malucos da estrada. E mostre, no palco montado no estádio Olímpico, que uma guitarra pode tornar um homem muito mais interessante e sexy do que um automóvel.

UM DIA COMO OS OUTROS

Amanhã é o Dia Internacional da Mulher, e me sinto forçada a escrever sobre nós mesmas, nós que não somos vítimas de nada, e sim donas do nosso destino, nós que nos embrutecemos diante da vida, às vezes falando até com voz grossa e fazendo gestos rudes, temendo que nossa feminilidade passe por fraqueza.

Nós que abrimos a boca mais do que devíamos, o que por um lado é bom, pois não trancafiamos nossas angústias, e por outro lado é ruim, porque falamos demais não apenas sobre nós, mas sobre os outros também, expandindo a corrente da fofoca, tão sem utilidade.

Nós que nos preocupamos muito com nossos cabelos e com nossa pele, nós que gostamos de estar bonitas e de cultivar um estilo, mas que não somos apenas isso, manequins de vitrine. Colocaríamos todo nosso guarda-roupa no lixo em troca de saúde eterna para nossos filhos, nunca mais usaríamos maquiagem se isso assegurasse que eles fossem felizes para sempre, nós que conhecemos o amor gerado dentro e expelido pelo parto, a coisa mais intensa, instintiva e selvagem que há.

O que mais dizer sobre nós? Sofremos alterações hormonais que nos dão múltipla personalidade e enlouquecem os que convivem conosco, somos rápidas demais nas tomadas de decisões e meio lentas no trânsito. Somos quase todas guerreiras, quase todas românticas, quase todas insuportáveis e maravilhosas. E as que não são nada disso têm seus próprios defeitos e qualidades em seu catálogo particular. Somos quase todas excêntricas.

Eu, como quase todas as mulheres que conheço, não me comovo com o "nosso dia", não acho que basta nascer do sexo feminino para ser merecedora de rosas e descontos em restaurantes, uma mulher faz por merecer suas vitórias a cada 24 horas, e faz por merecer suas derrotas também. Por isso, me abstenho de reprisar a ladainha anual de que precisamos nos virar do avesso para dar conta de tudo, de que somos obrigadas a ser enérgicas e meigas ao mesmo tempo, e que tudo isso dá um trabalho danado. Dá, é verdade. Mas nada de colaborar para que amanhã seja o Dia Internacional das Lamúrias. Amanhã é apenas mais uma segunda-feira onde encontrarei várias da minha espécie no supermercado, umas com pressa, outras com dor de cotovelo, umas com a agenda cheia, outras com a cabeça cheia, umas felizes, outras infelizes, umas pensando em pedir demissão, outras pensando no que fazer com o marido, algumas apaixonadas, outras solitárias, quase todas com a grana curta, quase todas com medo de que uma única vida não seja suficiente para fazer tudo o que elas ainda sonham, quase todas com as emoções em desordem, absolutamente todas malucas e divertidas e muito, muito ocupadas para dar atenção a datas que infelizmente não mudam nada.

PESSOAS HABITADAS

Estava conversando com uma amiga, dia desses. Ela comentava sobre uma terceira pessoa, que eu não conhecia. A descreveu como sendo boa gente, esforçada, ótimo caráter. "Só tem um probleminha: não é habitada." Rimos. É uma expressão coloquial na França – habité –, mas nunca tinha escutado por estas paragens e com esse sentido. Lembrei de uma outra amiga que, de forma parecida, também costuma dizer "aquela ali tem gente em casa" quando se refere a pessoas com conteúdo.

Uma pessoa pode ser altamente confiável, gentil, carinhosa, simpática, mas se não é habitada, rapidinho coloca os outros pra dormir. Uma pessoa habitada é uma pessoa possuída, não necessariamente pelo demo, ainda que satanás esteja longe de ser má referência. Clarice Lispector certa vez escreveu uma carta a Fernando Sabino dizendo que faltava demônio em Berna, onde morava na ocasião. A Suíça, de fato, é um país de contos de fada onde tudo funciona, onde todos são belos, onde a vida parece uma pintura, um rótulo de chocolate. Mas falta uma ebulição que a salve do marasmo.

Retornando ao assunto: pessoas habitadas são aquelas possuídas, de fato, por si mesmas, em diversas versões. Os habitados estão preenchidos de indagações, angústias, incertezas, mas não são menos felizes por causa disso. Não transformam suas "inadequações" em doença, mas em força e curiosidade. Não recuam diante de encruzilhadas, não se amedrontam com transgressões, não adotam as opiniões dos outros para facilitar o diálogo. São pessoas que surpreendem com um gesto ou uma fala fora do script, sem nenhuma disposição para serem bonecos de ventríloquos. Ao contrário, encantam pela verdade pessoal que defendem. Além disso, mantêm com a solidão uma relação mais do que cordial.

Então são as criaturas mais incríveis do universo? Não necessariamente. Entre os habitados há de tudo, gente fenomenal e também assassinos, pervertidos e demais malucos que não merecem abrandamento de pena pelo fato de serem, em certos aspectos, bastante interessantes. Interessam, mas assustam. Interessam, mas causam dano. Eu não gostaria de repartir a mesa de um restaurante com Hannibal Lecter, "The Cannibal", ainda que eu não tenha dúvida de que o personagem imortalizado por Anthony Hopkins renderia um papo mais estimulante do que uma conversa com, sei lá, Britney Spears, que só tem gente em casa porque está grávida. Zzzzzzzzzz.

Que tenhamos a sorte de esbarrar com seres habitados e ao mesmo tempo inofensivos, cujo único mal que possam fazer é nos fascinar e nos manter acordados uma madrugada inteira. Ou a vida inteira, o que é melhor ainda.

A MASSACRANTE FELICIDADE DOS OUTROS

Há no ar um certo queixume sem razões muito claras. Converso com pessoas que estão na meia-idade, todas com profissão, família e saúde, e ainda assim elas trazem dentro delas um não-sei-o-que perturbador, algo que as incomoda, mesmo estando tudo bem. De onde vem isso?

Anos atrás, a cantora Marina Lima compôs com o seu irmão, o poeta Antônio Cícero, uma música que dizia: "Eu espero/acontecimentos/só que quando anoitece/é festa no outro apartamento". Passei minha adolescência com esta sensação: a de que algo muito animado estava acontecendo em algum lugar para o qual eu não tinha sido convidada. É uma das características da juventude: considerar-se deslocado e impedido de ser feliz como os outros são – ou aparentam ser. Só que chega uma hora em que é preciso deixar de ficar tão ligada na grama do vizinho.

As "festas em outros apartamentos" são fruto da nossa imaginação, que é infectada por falsos holofotes, falsos sorrisos e falsas notícias. Os notáveis alardeiam muito suas vitórias, mas falam pouco das suas angústias, revelam pouco suas aflições, não dão bandeira das suas fraquezas, então fica parecendo que todos estão comemorando grandes paixões e fortunas, quando na verdade a festa lá fora não está tão animada assim.

Ao amadurecer, descobrimos que a grama do vizinho não é mais verde coisíssima nenhuma. Estamos todos no mesmo barco, com motivos pra dançar pela sala e também motivos pra se refugiar no escuro, alternadamente. Só que os motivos para se refugiar no escuro raramente são divulgados. Pra consumo externo, todos são belos, sexys, lúcidos, íntegros, ricos, sedutores. *"Nunca conheci quem tivesse levado porrada/ todos os meus conhecidos têm sido campeões em tudo."* Fernando Pessoa também já se sentiu abafado pela perfeição alheia, e olha que na época em que ele escreveu esses versos não havia essa overdose de revistas que há hoje, vendendo um mundo de faz de conta.

Nesta era de exaltação de celebridades – reais e inventadas – fica difícil mesmo achar que a vida da gente tem graça. Mas tem. Paz interior, amigos leais, nossas músicas, livros, fantasias, desilusões e recomeços, tudo isso vale ser incluído na nossa biografia. Ou será tão divertido passar dois dias na ilha de Caras fotografando junto a todos os produtos dos patrocinadores? Compensa passar a vida comendo alface para ter o corpo que a profissão de modelo exige? Será tão gratificante ter um paparazzi na sua cola cada vez que você sai de casa? Estarão mesmo todos realizando um milhão de coisas interessantes enquanto só você está sentada no sofá pintando as unhas do pé?

Favor não confundir uma vida sensacional com uma vida sensacionalista. As melhores festas costumam acontecer dentro do nosso próprio apartamento.

VENDE-SE CONSCIÊNCIA

A rede McDonald's lançou, semana passada, nos Estados Unidos, uma campanha publicitária diferente das que costuma colocar no ar. Em vez de mostrar apenas cenas de pessoas comendo hambúrgueres, batatas fritas e demais lanches calóricos, está sugerindo aos seus clientes que façam exercícios físicos. Naturalmente que a rede não mudou de tática por bom-mocismo. Como tem sido acusada judicialmente de contribuir para a obesidade de alguns McDependentes, achou por bem que era hora de melhorar sua imagem pública.

Qualquer ação mercadológica promovida por uma empresa com fins lucrativos visa o benefício próprio, mesmo quando vem maquiada de boa ação. Sempre foi assim, e o consumidor sabe disso muito bem – se não sabe, é por ingenuidade. Não é nenhum crime se autopromover através de aconselhamentos, e creio que diversas outras empresas deveriam fazer o mesmo: veicular campanhas publicitárias motivadas pela conscientização, mesmo que isso, aparentemente, possa depor contra elas próprias, como no caso de uma recente e bem-humorada campanha da MTV, que dizia: desligue a tevê, vá ler um livro. Será que o objetivo da campanha era diminuir a própria audiência? Ora. O objetivo era mostrar que a MTV é uma empresa antenada, que sabe que nem só de música pop vive a cultura de um país e que assistir televisão demais é alienante, mesmo nos casos em que a programação é bacana. Bola dentro da MTV, que não perdeu audiência e se valorizou ainda mais. Era esse o plano.

Propaganda tem poder. Vende tudo. Vende o que a gente não precisa. Vende ilusões. Mas pode vender um pouquinho de verdade também. É verdade que temos que fazer mais exercícios físicos em vez de nos entupirmos de porcaria, é verdade que ler é mais necessário do que assistir tevê, é verdade que cigarro é prejudicial à saúde, é verdade que temos que beber com moderação. A propaganda só tem a ganhar quando exerce o papel de crítica de si mesma, quando avalia os danos que ela própria pode causar – ainda que a intenção não seja fazer mea culpa algum, apenas faturar mais pontos com o freguês.

Seria mais despretensioso e saudável ver um anúncio de carro que dissesse: "Ele atinge 180km/h, mas você não é maluco de chegar nem perto dessa velocidade". Anúncio de anel de brilhante: "É o presente que toda mulher sonha, mas não é isso que prova que um homem te ama mesmo". Anúncio de sabonete: "Limpa, mas pra ter o corpo e o rosto da Gisele Bündchen, só você nascendo de novo".

É apostar alto que um dia cheguemos a esse nível de franqueza, mas já dá para perceber que, num futuro bem próximo, a verdade poderá vir a ser a melhor estratégia de marketing.

ARROGÂNCIA

Defeitos, quem não os tem? Há os avarentos, os mal-humorados, os fofoqueiros, os mentirosos, os chatos. Não os expulsamos a pontapés do universo porque todos nós, com maior ou menor frequência, um dia também já fomos pão-duros, já passamos uma maledicência adiante e já torramos a paciência alheia. É preciso ser tolerante com os outros se queremos que sejam conosco, não é o que dizem? Então, ok, aceita-se as falhas do vizinho. Mas arrogância não tem perdão.

E os arrogantes não são poucos. Façamos aqui um retrato falado: são aqueles que andam de nariz em pé, certos de que são o último copo d'água do deserto. Aqueles que são grosseiros com subalternos, que se empolgam ao falar de atributos que imaginam ser exclusivos deles, os que furam a fila do restaurante e tomam como ofensa pessoal caso sejam instalados numa mesa mal localizada. São os que ostentam, que dão carteiraço e que sentem um prazer mórbido em humilhar aqueles que sabem menos – ou que podem menos. São os preconceituosos e os que olham o mundo de cima pra baixo. Será que eles acreditam que são assim tão superiores? Lógico que não, e isso é que é patético.

Os arrogantes são os primeiros a reconhecer sua própria mediocridade, e é por isso que precisam levantar a voz e se autopromover constantemente. Eles não toleram a porção de fragilidade que coube a todos nós, seres humanos, e não se acostumam com a ideia de que são exatamente iguais aos seus semelhantes, sejam estes garçons, porteiros de boate ou executivos de multinacionais. Dão a maior bandeira da sua insegurança.

O arrogante acredita que todos estão a falar (mal) dele, lê entrelinhas que não existem, escuta seu nome mesmo quando não foi pronunciado, e ao descobrir que não é mesmo dele que estão falando, aí é que morre de desgosto. Todo arrogante traz um complexo de inferioridade que salta aos olhos.

Sempre tive um pouco de pena deles pelo papelão que desempenham em público. Dizem que Naomi Campbell entra nas melhores butiques brasileiras, escolhe algumas roupas e sai sem pagar, acreditando estar enaltecendo a loja com sua simples presença no estabelecimento. É uma arrogante folclórica e inofensiva. Atentos devemos ficar aos arrogantes armados: os que invadem países, os que destroem quem atravessa seu caminho. O caso do juiz cearense é típico: quis entrar num supermercado que já havia fechado e o vigia teve a petulância de tentar impedir. Levou um tiro, claro. Que o juiz alega ser acidental, sem explicar a razão de, depois de disparar, não ter nem ao menos olhado pro cadáver e ter ido direto às gôndolas atrás do que queria comprar: cerveja, gilete, sorvete, sabe-se lá o que lhe era tão urgente.

Repare bem: quase todos os atos de violência são protagonizados por um arrogante que entra em pânico com a palavra não.

A MELHOR TERAPIA

Como é que é? Você nunca fez análise??

"Pra valer, não", respondo timidamente, como se fosse uma mácula irreparável no meu currículo, como se eu fosse a pessoa mais desinteressante do universo. "Minha terapia é escrever" – nada como um clichê para nos socorrer nessas horas.

Como tudo na vida, é meio verdade e meio mentira, porque eu faço terapia, sim, mas não na frente de um analista e nem na frente do computador. Faço na frente da pia.

Não tenho o menor talento para tarefas domésticas. Se quiser acabar com o meu dia é só pedir para eu arrumar uma cama. Não cozinho, não limpo vidros, não tiro o pó e, lógico, trato minha empregada melhor do que trato minha mãe. Mas de vez em quando eu amarro um avental na cintura e assumo a pia com gosto: não existe terapia melhor do que lavar louça.

De vez em quando, quando?

Ora, toda vez que estou com a cabeça emaranhada de pensamentos inúteis, que estou encardida mentalmente, que estou com dificuldade de clarear as ideias. Nessas horas, pego esponja e detergente e começo a lavar todos os copos e pratos empilhados na bancada da cozinha, e de repente é como se eu desaguasse ralo abaixo todas as minhas dúvidas e inquietações. Lavo louça e vou lavando junto os neurônios. As ideias vão ficando mais límpidas, transparentes, dou fim à gordura que se acumula na minha massa cinzenta, e, ao término do serviço, a cabecinha fica pronta pra ser usada de novo, tinindo como um cristal.

É bem verdade que as mãos ficam ressecadas, mas um bom hidratante sai mais barato do que uma consulta no psiquiatra.

Brincadeira, nada substitui um profissional. Para quem está com algum conflito paralisante ou em depressão profunda, de nada vai adiantar lavar a panela mais encrostada. Mas para quem quer apenas um tempo para poder pensar quieta sem ouvir o barulho da tevê e sem ter ninguém em volta fazendo solicitações, a pia é o divã perfeito. Você já estará ocupada o suficiente, todos em casa serão compreensivos e a deixarão em paz. E ainda agradecerão pela mãe e mulher prestativa que você é.

Eu disse que não fazia análise. Mas nunca disse que não era maluca.

NÃO PODE TOCAR

Entro num museu, paro em frente a um quadro, a uma escultura, a uma cerâmica, e enxergo o aviso: não pode tocar. Não posso, então não toco, tudo bem. Não tocarei pra não estragar, pra não quebrar, pra durar por muitos séculos. Nada de sentir a textura do material, nada de deixar minhas digitais impressas, nada de arranhar a tela com minhas unhas mal lixadas, de desgastar as cores com meus dedos imundos. Então a gente respeita, não chega muito perto, não atravessa a linha amarela, nada de macular a obra com nosso hálito quente e nosso olhar aproximado demais.

Assim é também entre homens e mulheres, entre pais e filhos, entre amigos que procuram se proteger: não se pode tocar em determinados assuntos.

Há questões que arriscam ser maculadas com palavras, que um olhar aproximado demais poderia danificar. Instaura-se sempre um silêncio de museu ao nos aproximarmos de temas perigosos. Tolera-se apenas o som da tevê, de um teclado de computador, de alguém falando ao telefone, ruídos parecidos com silêncio, já que não fazem barulho excessivo, não incomodam o suficiente. Palavras incomodam o suficiente. Vamos falar sobre o que nos aconteceu dez anos atrás. Vamos conversar sobre a morte do seu pai. Vamos tentar entender juntos a razão de você estar bebendo desse jeito. Me diz o que te perturbou na infância. Não, não quero tocar nesse assunto.

    Mantenha-se atrás da faixa amarela, não chegue muito perto, não se acerque de meus traumas, não invada meus mistérios, não se atrite com o meu passado, não tente entender nada: é proibido tocar no sagrado de cada um.

    Todas as relações do mundo possuem sua prateleira de cristais. Há sempre um suspense, uma delicadeza ao transitar pela fragilidade do outro. Melhor não falar muito alto, é mais prudente ir devagar e com cuidado. Para não estragar, para não quebrar, para o afeto durar por muitos séculos.

A DIGNIDADE DO GRISALHO

Não costumo ser implicante, muito menos com os homens, por quem tenho uma condescendência até suspeita. Enquanto as mulheres reclamam que não existe homem no mercado (no mercado, que feio!), eu acho que tem homem bacana tropeçando aos nossos pés, elas é que não se dão conta porque só prestam atenção nos supostos defeitos do sujeito: conta bancária desfalcada, carro usadésimo, roupas fora de moda, falta de bíceps e tríceps, tudo isso que hoje em dia conta mais do que caráter, humor, inteligência, essas coisas supérfluas. Assim fica difícil mesmo encontrar o príncipe.

Eu, solteira fosse, não ficaria pegando no pé dos meninos por coisa pouca. No quesito aparência, por exemplo, acredito que dá para encarar baixinho, gordinho, careca, barbudo, franzino. Só uma espécie teria dificuldade de passar pelo meu crivo: homem de cabelo pintado.

As mulheres, coitadas, assim que afloram os primeiros cabelos brancos, correm até os salões para dar um sumiço neles, e a partir daí viram reféns dessa operação extermínio. No que fazem muito bem. Admiro o desprendimento de quem assume seus brancos numa boa, mas uma coisa é incontestável: o grisalho nos envelhece e nos dá um ar relaxado. Fica bonito apenas em cabelos bem curtinhos – os da Glória Menezes, na época da novela *Senhora do Destino*, eram uma graça.

    Já os homens nasceram com o dom de ficar mais atraentes à medida que os cabelos vão ficando brancos. É uma vantagem inquestionável. Eles ganham em credibilidade, charme, beleza, elegância. Giorgio Armani, por exemplo, de jeans, camiseta e grisalhíssimo. Uma obra-prima. Jovem para sempre.

    Homem que recorre à tintura perde um naquinho da sua dignidade. A ideia era ficar mais moço – eles também têm direito à vaidade, ok –, mas alguém precisa avisá-los de que, em vez de mais moços, às vezes ficam patéticos. Podem ser milionários, artistas, banqueiros, magnatas – ficam todos com cara de falidos. Estou sendo preconceituosa? Monstruosa? Ridícula? Sim, estou sendo preconceituosa, monstruosa, ridícula, azar o meu. É minha opinião.

    Hoje é Dia dos Pais. Nossos pais amorosos, gentis, bonitões e grisalhos, quase todos. Com a cabeça cromada, metálica, cada fio branco contando o quanto se preocuparam conosco nesta vida, e também com a violência urbana, com os índices da Nasdaq, com a promoção que não veio, com o gol injusto que tomaram no domingo, com a barriga que deu pra crescer por nada – um chopinho de nada.

    Nossos velhos ainda meninos, não importa a idade que tenham, com o grisalho em nada lhes tirando a juventude, ao contrário, só tornando-os mais gatos. Complexo de Electra? Falta de assunto? Complô contra o Gressin 2000?

    Podem me acusar do que quiserem, mas alguém tinha que dizer.

FILOSOFIA DE PARA-CHOQUE

Era um sábado à tarde. Eu estava num bairro onde nunca tinha colocado os pés, com um endereço anotado num pedaço de papel, dirigindo meu carro e ao mesmo tempo cuidando as placas de sinalização. Parecia uma barata tonta, não encontrava a rua que queria. Nisso o sinal fechou e eu parei atrás de um caminhão, em cujo para-choque estava escrito: "Não me siga que eu também estou perdido".

Comecei a rir da coincidência, tive vontade de descer e ir até a boleia abraçar meu companheiro de infortúnio. Somos dois, meu irmão. Aliás, somos mais do que dois. Somos muitos. Somos todos.

Para que lado eu dobro se quiser sair deste engarrafamento de emoções, se quiser ter um relacionamento único e estável, um amor que me resgate dos arranques e das freadas súbitas deste meu coração mal-regulado? Às vezes dá vontade de encostar o carro e fazer esse tipo de pergunta para o casalzinho apaixonado que está aos beijos na parada de ônibus.

Devo seguir em frente, sempre pelo mesmo caminho? Tenho vontade de entrar numas ruas sem saída, descobrir o que elas escondem, mas e se eu me atrasar, e se eu me perder, e se ninguém der pela minha falta?

Subo a ladeira ou viro à esquerda? No topo da ladeira tem uma surpresa, no caminho à esquerda tem paixões e tudo o que elas acarretam de bom e de torturante na alma da gente, e aqui onde estou tenho segurança, mas estou estacionado, e estacionado eu não ando, eu não corro, eu não vivo, o que é que eu faço, que direção eu pego?

Você aí, saindo da padaria, pode me dizer pra que lado fica a juventude eterna?

Com licença, o senhor poderia me indicar o caminho mais rápido para a felicidade?

Garoto, chega aí, você já ouviu falar em paz de espírito? Eu estou perto ou estou longe?

Pé no acelerador e sorte, caríssimos. Não sigam ninguém, que estão todos à procura também.

MULHERES E MENINOS

Não é novidade que há muitas mulheres, hoje, se relacionando com homens mais jovens. Há quem acredite que esta é mais uma infiltração da mulher no mundo masculino: elas estariam dando o troco nos coroas que só se relacionam com ninfetas. Pois eu acho que uma coisa não tem nada a ver com a outra. Homens maduros se relacionam com garotas, na maioria das vezes, para confirmar sua virilidade e também para recuperar a juventude, e, sejamos francos, ninguém tem nada a ver com isso, todas as relações humanas são, basicamente, de troca: cada um oferece o que tem e toma pra si o que precisa. Se é amor, tanto melhor, mas mesmo não sendo, o casal pode ser feliz igual.

Já as mulheres não me parecem estar se relacionando com garotos apenas para se sentirem mais jovens – ainda que isso conte também. O que eu tenho observado é que, na verdade, nem são as mulheres que estão partindo pra cima dos guris. É sempre mais fácil acreditar no clichê: mulheres divorciadas, recauchutadas e com dinheiro no bolso estariam aliciando rapazotes indefesos; mas espie com atenção: eles, os "indefesos", é que estão procurando mulheres mais maduras. Ou será otimismo meu?

O motivo não é difícil de entender. Me acompanhe. Pra começo de conversa, é preciso reconhecer uma verdade universal: mulher é chata. É gostosa, é querida, é sensível, é eficiente, mas é chata. Me incluo. Só que a tendência é perdermos a chatice com o passar dos anos. A passagem do tempo, se nos tira algum viço – e nem tira tanto assim, com os recursos que existem hoje –, nos dá em troca muita coisa: serenidade, autoconfiança, experiência. E o mais importante de tudo: humor! Depois de passarmos pelas inseguranças da adolescência e pelos sustos e obrigações do primeiro filho, do segundo filho, do primeiro casamento, do segundo casamento, a gente simplesmente relaxa. Acabou o estresse familiar, viraram todos amigos, é hora de se divertir. Não há mais tempo a perder com picuinhas, com ciúmes, com desconfianças, com sonhos inatingíveis. Uma mulher madura troca sonhos por objetivos. Não precisa mais matar dez leões por dia, já se estabeleceu e agora quer aproveitar a vida, curtir bons shows, viajar, ficar bonita e fazer umas loucuras que nunca se atreveu quando era mais jovem. Qual é o homem que não vai querer uma mulher assim?

Tem muita menina bacana e madura, não dá pra generalizar. Mas é bem verdade que muitas delas são bobas, cheias de frescura, só ligam para a aparência e esquecem do recheio. Fazem um dramalhão por qualquer coisa e viram experts em desgastar relacionamentos. Então os rapazes não têm outra saída a não ser procurar mulheres mais desencanadas. Não parece uma teoria plausível? Troca-se duas esquizofrênicas de 20 por uma quarentona que só dê prazer, e não problemas.

Ok, talvez eu tenha sido otimista demais. Coisa da idade.

EXPLOSÕES

"Não tenho nada a ver com explosões", diz um verso de Sylvia Plath. Eu li como se tivesse sido escrito por mim. Também não faço muito barulho, ainda que seja no silêncio que nos arrebentamos.

Tampouco tenho a ver com o espaço sideral, com galáxias ou mesmo com estrelas. Preciso estar firmemente pousada sobre algo – ou alguém. Abraços me seguram. E eu me agarro. Tenho medo da falta de gravidade: solta demais me perco, não voo senão em sonhos.

Não tenho nada a ver com o mato, com o meio da selva, com raízes que brotam do chão e me fazem tropeçar, cair com o rosto sobre folhas e gravetos feito uma fugitiva dos contos de fada, a saia rasgando pelo caminho, a sensação de ser perseguida. Não tenho nada a ver com cipós, troncos, ruídos que não sei de onde vêm e o que me dizem. Não me sinto à vontade onde o sol tem dificuldade de entrar. Prefiro praia, campo aberto, horizonte, espaço pra correr em linha reta. Ou para permanecer sem susto.

Não tenho nada a ver com boate, com o som alto impedindo a voz, com a sensualidade comprada em shopping, com o ajuntamento que é pura distância, as horas mortas desgastando o rosto, a falsa alegria dos ausentes de si mesmos.

Não tenho nada a ver com o que é dos outros, seja roupas, gostos, opiniões ou irmãos, não me escalo para histórias que não são minhas, não me envolvo com o que não me envolve, não tomo emprestado nem me empresto, se é caso sério eu me doo, se é bobagem eu me abstenho, tenho vida própria e suficiente pra lidar, sobra pouco de mim para intromissões no que me é ainda mais estranho do que eu mesma.

Não tenho nada a ver com cenas de comerciais de tevê, sou um filme sueco, uma comédia britânica, um erro de adaptação, um personagem que esquece a fala, nada possuo de floral ou carnaval, não aprendi a ser festiva, sou apenas fácil.

Não tenho nada a ver com igrejas, rezas e penitências, são raros os padres com firmeza no tom, é sempre uma fragilidade oral, um pedido de desculpas em nome de todos, frases que só parecem ter vogais, nosso sentimento de culpa recolhido como um dízimo. Nada tenho a ver com não gostar de mim. Me aceito impura, me gosto com pecados, e há muito me perdoei.

Não tenho nada a ver com galáxia, mato, boate, a vida dos outros, os comerciais de tevê e igrejas. Meu mundo se resume a palavras que me perfuram, a canções que me comovem, a paixões que já nem lembro, a perguntas sem respostas, a respostas que não me servem, à constante perseguição do que ainda não sei. Meu mundo se resume ao encontro do que é terra e fogo dentro de mim, onde não me enxergo, mas me sinto.

Minto, tenho tudo a ver com explosões.

ENTREVISTA

Outro dia tive que responder a uma entrevista inusual. As perguntas nada tinham a ver com início de carreira, livros preferidos, fórmulas mágicas para vencer problemas. Ao contrário disso tudo, a enquete queria saber qual havia sido a última vez que eu havia gargalhado pra valer. Qual a última vez que eu havia quebrado uma promessa. Qual a última vez que eu havia sido surpreendida.

Bom, essa era fácil de responder: eu estava sendo surpreendida naquele exato instante. Não esperava ter que parar pra pensar em coisas desse tipo. A gente passa voando pelos dias, na tentativa de cumprir nossas metas, que não são poucas: trabalhar, trabalhar, trabalhar, e, na sobrinha de tempo, fazer supermercado, se exercitar, ler os jornais. E aí vem alguém e pergunta qual a última vez que eu gargalhei pra valer? Foi quando eu estive com minhas amigas, num encontro de final de tarde. Já nem lembrava.

Qual a última vez que eu jantei sozinha? Qual a última vez que eu contribuí para caridade? Qual a última vez que eu dormi num hotel?

Eram perguntas triviais, e no entanto me vi forçada a me conectar com sensações de isolamento, generosidade, tristeza, cansaço, euforia. Em vez de falar de coisas práticas e ideias prontas, eu estava fazendo um inventário das emoções mais corriqueiras do dia a dia. Se a gente esquece de reavivá-las, viramos apenas uma máquina humana cumpridora de tarefas.

Qual a última vez que eu apertei a mão de alguém? Qual a última vez que eu fiquei furiosa? Qual a última vez que eu menti?

Parece fácil, mas as respostas não saem de imediato. É preciso resgatar momentos que a gente mal registrou, que não pareciam importantes porque não estavam anotados na agenda. Para responder a esse tipo de pergunta, é preciso estar tão atento aos coffeebreaks quanto às palestras, dar tanta atenção às mãos entrelaçadas no cinema quanto ao filme na tela. É nesses breves interlúdios que a vida acontece e a gente se revela pra si mesmo. É nesses poucos segundos que a alma aflora: quando você é apresentado a uma pessoa e aperta firme sua mão, quando mentem pra você e você fica furiosa, ou quando seu filho pergunta se nunca vai acontecer nada de mal com ele e quem mente é você.

Qual a última vez que você dormiu demais? Qual a última vez que você beijou alguém? Qual a última vez que você foi injusto?

Parecia o juízo final. Mas era só uma entrevista que me fez trazer de volta o que realmente interessa.

O LADO MEGERA DAS MÃES

Suponhamos que você more em apartamento e tenha um filho. Um menino, ainda. Então um dia ele visita um amiguinho que mora numa casa enorme, ampla, com milhões de empregados e um jardim igualmente espetacular. Quando ele retorna no fim do dia, olha para o apartamento de vocês com um certo muxoxo e, na hora do jantar, resolve pedir pra você uma coisa que ele pensa que se resolve assim, com um estalar de dedos. Você sabe o quê. Um cachorro.

Na casa com jardim espetacular seu filho viu labradores, dinamarqueses, pastores alemães e algumas amostras grátis de poodle, todos convivendo em harmonia e enchendo de afeto aquele lar Beverly Hills. Mas seu filho mora em apartamento. E você, profissional ocupadíssima e dona de casa zelosa do seu patrimônio – que não é imenso nem espetacular, mas é bem ajeitadinho – não quer um cão estirado no seu sofá. E muito menos quer acumular serviço levando-o para passear, para vacinar, para cruzar. Você já está com a agenda cheia. Não está em condições de aumentar a família. "Mas, mãe, *eu* vou cuidar dele." Eu, no caso, é um pirralho que nunca levantou uma toalha do chão, que nunca dobrou uma camiseta, que nunca sabe onde estão suas meias, que não coloca um copo de volta no lugar. Ele quer que você acredite que é ele quem vai cuidar do cachorrinho? Que bonitinho. E Papai Noel, vai bem?

Megera, eu sei. O cachorro é o melhor amigo do homem, o mais fiel, um companheiro para todas as horas. Eu já fui criança e quis um cão, e tanto torrei a paciência que ganhei um, mesmo morando em apartamento. Coisa mais lindinha, a Bunny. Chorava a noite inteira, aquela cadela, queria mordomia, dormir em cama com edredom. Em menos de um mês foi doada para uns primos. Superei. Nada como aprender desde cedo a lidar com frustrações.

Há cães que vivem muito bem em apartamento, que não incomodam nada, que são bem treinados, quem não sabe disso? Todos sabem. Mas brincar com cachorro é uma coisa, cuidar de cachorro é outra, e pra isso é preciso tempo, disposição e espaço. Espaço no coração, inclusive – admito, envergonhada. A garotada um dia crescerá e terá liberdade para fazer suas próprias escolhas, custa esperar um pouco?

Maltratar as criancinhas é coisa que não se faz. Megera.

FESTA NA ROÇA

Não sou das pessoas mais infernais para se conviver, mas tenho, como todo mundo, umas implicâncias de estimação, coisas das quais não gosto e não adianta. Algumas delas dizem respeito a festas. Quando um amigo telefona pra me fazer um convite e começa a rir antes de me dizer do que se trata, eu logo entro em pânico.
"Não."
"Sim."
"Você não vai fazer isso comigo."
"Você é que não vai fazer a desfeita de faltar ao meu aniversário."
"Festa a fantasia, outra vez?"
"Sinto muito."
"Nãããããããão!"
E começamos a gargalhar, claro, porque de alguma coisa é preciso rir nesta vida, nem que seja da nossa própria falta de humor. Eu raramente encaro uma festa temática. Se o convite é impresso, confiro imediatamente o traje sugerido. Anos 70. Blade Runner. Vestir-se igual ao ídolo preferido. Todo mundo de vermelho e preto. Visual indiano. Visual tirolês. Eu sei, eu sei que isso contagia, torna tudo mais alegre, mais bonito, sei que os convidados começam os preparativos com

antecedência, e que os comentários sobre a festa rendem por muitos dias, sei que as fotos ficam mais originais, sei que todos se divertem à beça, eu sei, eu sei que a chata sou eu.

Tão chata que tem outra coisa que me desanima: festa em sítio, festa em chácara, festa no meio do mato. Festa que precisa de mapa pra chegar.

"Não."

"Sim."

"Sua festa de casamento vai ser naquele seu rancho em Glorinha?"

"Pela freeway são só uns 40km. E a parte de terra batida não leva mais do que 20 minutos."

"Você não quer que eu vá."

"Tanto quero que você vai ser madrinha, *darling*."

Que bom se todos os sofrimentos do mundo se resumissem a festas que nos soam como roubadas. No fundo, não são. Quando vou, acabo me divertindo. Como certamente me divertiria caso fosse convidada para festejar os 30 anos de casamento do chefe e tivesse que me caracterizar com chapéu de palha, trancinha e levar uma bandeja de quindins na mão. Ouvi dizer que houve uma festa assim numa granja perto de Brasília. Foi de uma originalidade ímpar, uma demonstração de que tudo pode ser descontraído, comunitário, festivo, brasileiro, achei a ideia fenomenal mesmo. Mas nunca agradeci tanto por não ser ministra de Estado.

BONITAS MESMO

Quando é que uma mulher é realmente bonita? No momento em que sai do cabeleireiro? Quando está numa festa? Quando posa para uma foto? Clic, clic, clic. Sorriso amarelo, postura artificial, desempenho para o público. Bonitas mesmo somos quando ninguém está nos vendo.

Atirada no sofá, com uma calça de ficar em casa, uma blusa faltando um botão, as pernas enroscadas uma na outra, o cabelo caindo de qualquer jeito pelo ombro, nenhuma preocupação se o batom resistiu ou não à longa passagem do dia. Um livro nas mãos, o olhar perdido dentro de tantas palavras, um ar de descoberta no rosto. Linda.

Caminhando pela rua, sol escaldante, a manga da blusa arregaçada, a nuca ardendo, o cabelo sendo erguido num coque malfeito, um ar de desaprovação pelo atraso do ônibus, centenas de pessoas cruzando-se e ninguém enxergando ninguém, ela enxuga a testa com a palma da mão, ajeita a sobrancelha com os dedos. Perfeita.

Saindo do banho, a toalha abandonada no chão, o corpo ainda úmido, as mãos desembaçando o espelho, creme hidratante nas pernas, desodorante, um último minuto de relaxamento, há um dia inteiro pra percorrer e assim que a porta do banheiro for aberta já não será mais dona de si mesma. Escovar os dentes, cuspir, enxugar a boca, respirar fundo. Espetacular.

Dentro do teatro, as luzes apagadas, o riso solto, escancarado, as mãos aplaudindo em cena aberta, sem comandos, seu tronco deslocando-se quando uma fala surpreende, gargalhada que não se constrange, não obedece à adequação, gengiva à mostra, seu ombro encostado no ombro ao lado, ambos voltados pra frente, a mão tapando a boca num breve acesso de timidez por tanta alegria. Um sonho.

O carro estacionado às pressas numa rua desconhecida, uma necessidade urgente de chorar por causa de uma música ou de uma lembrança, a cabeça jogada sobre o volante, as lágrimas quentes, fartas, um lenço de papel catado na bolsa, o nariz sendo assoado, os dedos limpando as pálpebras, o retrovisor acusando os olhos vermelhos e mesmo assim servindo de amparo, estou aqui com você, só eu estou te vendo. Encantadora.

SÓ É MAL-EDUCADO QUEM QUER

Uma pessoa faz uma gentileza pra você: manda um pão feito em casa pra você provar, ou empresta um livro raríssimo, ou indica um médico sensacional. Tempos atrás, você tinha duas maneiras de agradecer: telefonava ou enviava um telegrama, um cartão, uma carta. Telefonar significa ter que dedicar um tempo pra conversa e ainda arriscar invadir a privacidade de alguém numa hora imprópria. E telegrama? Pra alguns, é uma mão de obra ligar para os Correios, descobrir o endereço do destinatário etc. Hoje existe um método muito mais fácil, rápido e indolor de ser cordial: o e-mail.

Quem tem acesso à internet em casa ou no trabalho não tem desculpa para ser grosseiro. Nunca foi tão fácil cumprimentar por um aniversário, desejar que alguém se saia bem numa prova, agradecer um jantar, justificar uma ausência, elogiar uma promoção, desculpar-se por uma gafe. Em duas frases, o carinho está feito, sem perda de tempo e sem constrangimentos.

Conheço pessoas cuja timidez acaba parecendo falta de educação. A pessoa se atrapalha, não sabe o que fazer nem que palavras usar, e acaba deixando passar a oportunidade de dizer "obrigado" ou "desculpe". O e-mail resolve isso. É o aliado número 1 dos tímidos, dos gagos, dos que ficam vermelhos por qualquer coisa, dos que não têm presença de espírito, dos bichos do mato: pare, pense, escreva e envie. Pronto, você não é mais tímido nem gago nem nervosão: é um sujeito adorável.

Pequenas gentilezas, na verdade, não são pequenas coisa nenhuma: serão sempre imensas. A gente fica esperando grandes ações pacifistas dos líderes mundiais e acaba não exercitando esse pacifismo no dia a dia, nas relações humanas. Algumas pessoas consideram a gentileza uma forma de submissão, de fraqueza, e acabam elegendo a arrogância e o desprezo como atitude. Para estes, não existe solução, serão babacas eternos. Mas para quem anda esquecendo de exercer a gentileza apenas por falta de estímulo, está aí uma dica banal e eficientíssima: use o computador que está na sua frente. Gentileza não é puxa-saquismo. É um hábito elegante, dietético e despoluente: sério, perde-se peso existencial, e até o ar que a gente respira fica mais leve.

O DIREITO DE CALAR

"Você tem o direito de ficar calado, tudo o que disser poderá ser utilizado contra você." Não é exatamente isso, mas é algo assim que os policiais dizem ao prender um suspeito, ao menos nos filmes americanos. O melhor a fazer é não dar um ai e telefonar logo para o advogado pedindo instruções.

Essa advertência é dada apenas no momento em que se está prendendo alguém, o que é uma discriminação. Nós, que a princípio não somos suspeitos de cometer crime algum, também deveríamos ser lembrados do nosso direito de ficar calados antes de nos pronunciarmos em qualquer ocasião. Eu, por exemplo, não roubo toca-fitas, não assalto supermercados, não agrido idosos, mas já cometi uma série de infrações verbais. Somos todos suspeitos de ter ferido um amigo com nosso sarcasmo, de ter revelado um segredo que nos foi confiado, de ter falado da nossa intimidade com quem não tinha nada a ver com a nossa vida. Quem mandou ser bocudo? Tudo o que foi dito num bate-papo de bar acaba ganhando status de depoimento e um dia poderá se voltar contra nós. Você se abre e depois vem alguém e usa as mesmas declarações para acusá-lo.

Dentre os melhores inícios de livros, eu citaria a primeira e impaciente frase de *Seu rosto amanhã*, de Javier Marías:

"Ninguém nunca deveria contar nada, nem fornecer dados, nem veicular histórias, nem fazer com que as pessoas recordem seres que nunca existiram nem pisaram na terra ou cruzaram o mundo, ou que, sim, passaram mas já estavam meio a salvo no retorcido e inseguro esquecimento". E o livro prossegue nessa vigorosa e apaixonante defesa do silêncio, por mais contraditório que isso seja, pois se não contássemos nada, não existiriam livros.

Palavras salvam, mas também nos deixam vulneráveis. Tudo o que falamos entra pelos ouvidos alheios e é retido numa espécie de caixa-forte que será reaberta na hora em que considerarem por bem nos culpar de alguma coisa. Lá estarão, guardadas como prova de delito, nossas inúmeras contradições, as ofensas ditas no calor de uma briga, as promessas de amor que não se cumpriram, os comentários ferinos que fizemos, as inconfidências, os vacilos, o que gaguejamos covardemente e o que enfatizamos aos gritos, nossas farpas, confissões, tudo o que confiamos aos outros na esperança de não sermos traídos (e tudo o que dissemos traindo a nós mesmos), os pensamentos que já não pensamos mais, os ideais que não se sustentaram, nossos palavrões e nossas medíocres palavrinhas, poucas delas alcançando a comunicação desejada e quase nenhuma chegando perto do que somos de verdade.

ATALHOS

Quanto tempo a gente perde na vida? Se somarmos todos os minutos jogados fora, perdemos anos inteiros. Depois de nascer, a gente demora pra falar, demora pra caminhar, aí mais tarde demora pra entender certas coisas, demora pra dar o braço a torcer. Viramos adolescentes teimosos e dramáticos. Levamos um século para aceitar o fim de uma relação, e outro século para abrir a guarda para um novo amor, e já adultos demoramos para dizer a alguém o que sentimos, demoramos para perdoar um amigo, demoramos para tomar uma decisão. Até que um dia a gente faz aniversário. 37 anos. Ou 41. Talvez 48. Uma idade qualquer que esteja no meio do trajeto. E a gente descobre que o tempo não pode continuar sendo desperdiçado. Fazendo uma analogia com o futebol, é como se a gente estivesse com o jogo empatado no segundo tempo e ainda se desse ao luxo de atrasar a bola pro goleiro ou fazer tabelas desnecessárias. Que esbanjamento. Não falta muito pro jogo acabar. É preciso encontrar logo o caminho do gol.

Sem muita frescura, sem muito desgaste, sem muito discurso. Tudo o que a gente quer, depois de uma certa idade, é ir direto ao assunto. Excetuando-se no sexo, onde a rapidez não é louvada, pra todo o resto é melhor atalhar. E isso a gente só alcança com alguma vivência e maturidade.

Pessoas experientes já não cozinham em fogo brando, não esperam sentados, não ficam dando voltas e voltas, não necessitam percorrer todos os estágios. Queimam etapas. Não desperdiçam mais nada.

Uma pessoa é sempre bruta com você? Não é preciso conviver com ela.

O cara está enrolando muito? Beije-o primeiro.

A resposta do emprego ainda não veio? Procure outro enquanto espera.

Paciência só para o que importa de verdade. Paciência para ver a tarde cair. Paciência para sorver um cálice de vinho. Paciência para a música e para os livros. Paciência para escutar um amigo. Paciência para aquilo que vale nossa dedicação. Pra enrolação, atalho.

EU MORRO E NÃO VEJO TUDO

Quando eu trabalhava em propaganda, tinha uma colega de agência que abria o jornal e dali a dois minutos exclamava: "Eu morro e não vejo tudo". Era ouvir a tal frase e aguardar a notícia bombástica que ela leria pra toda a equipe em voz alta.

Lembrei dessa minha ex-colega quando li as reportagens sobre o alemão que, no final do ano passado, comeu um engenheiro, literalmente, com total consentimento deste. Canibalismo combinado entre as partes, tratado via internet. Alguém ainda se lembra?

Os jornais noticiam fatos cada vez mais assombrosos, porém nossa capacidade de nos surpreendermos diminui na mesma proporção. Pessoas puxam boeings de 200 toneladas com a boca para entrar no livro dos recordes. Mandam matar o melhor amigo. Sacrificam crianças em rituais de magia negra. Tatuam 99% do corpo. Matam mãe e pai por causa de namorados. Engolem quilos de cocaína para atravessar fronteiras. Passam mais de um mês sem comer dentro de uma jaula de acrílico suspensa sobre um rio. Atiram garotos pela janela de um metrô em movimento. Botam fogo em mendigos pra se divertir. De bizarrices a crimes hediondos: há de tudo, para todos os gostos, todos os dias.

Quando foram iniciadas as investigações do assassinato do casal americano no Rio de Janeiro, não se descartou a hipótese de a filha de treze anos estar envolvida. Uma menina envolvida na morte dos pais. É possível uma coisa dessas? Absurdo, sim. Mas crível, também. Como são críveis as notícias de médicos abusando de pacientes, de donas de casa roubando nenês em maternidades, de juízes comandando esquemas de corrupção: que surpresa há nisso? Por um acaso alguém se surpreendeu vendo um padre fazendo propaganda para as Lojas Americanas?

Surpresa mesmo a gente tem quando vê uma pessoa humilde devolver intacta uma carteira recheada de dinheiro que foi encontrada no chão. Surpresa é ver político fazer promessas realistas e cumpri-las. A grande surpresa de 2003 foi aquele tratorista que se negou a derrubar um barraco porque isso lhe doía na alma. Surpresa é o sentimento vir antes da razão, surpresa é a índole vir antes de interesses financeiros, surpresa é a amizade falar mais alto que as relações de bajulação. Desde que o mundo é mundo que o raro surpreende. O que mudou foram as raridades nossas de cada dia.

AMOR À VIDA

Outro dia estava assistindo a um programa sobre esportes radicais: um bando de gente pulando das alturas, desafiando penhascos, enfrentando corredeiras sinistras – sem tempo pra sentir medo.

"Esse pessoal não tem amor à vida", balbuciei entre os dentes. Aí rebobinei meu pensamento e mudei de avaliação. "Esse pessoal ama a própria vida mais do que tudo – eu é que estou desperdiçando a minha na frente da tevê."

Vida. A única coisa que a gente realmente tem – viemos do nada e para o nada voltaremos. Sempre que me dou conta disso, fico boba com a quantidade de tempo que desperdiçamos fazendo coisas das quais não gostamos, dizendo amém para o que não concordamos e aceitando regras pré-estabelecidas em nome da ordem social. No fundo, malucos somos nós, os que não arriscam, os que vivem entre quatro paredes, os que mantêm pouco contato com a natureza, os que se protegem contra emoções vertiginosas.

Quem escala uma montanha está mais seguro do que eu, dentro de um carro estacionado na rua, sozinha, aguardando a chegada de uma amiga. Mais seguro do que eu quando saio do supermercado com as compras, ou quando caminho pelas avenidas da cidade: a violência não está nos ares, está no térreo; não está no esporte, está no cotidiano. Nitroglicerina pura é ter um revólver apontado pra cabeça ou ser ameaçada de agressão. Perigoso é aqui.

    Penso noite e dia em como posso dar mais valor à minha vida. Com todos os objetivos alcançados, o que não é pouca coisa, o que faço a partir de agora para manter minha paz de espírito em segurança? Penso em recomeçar do zero, em trocar de cidade, de país, penso em desacelerar, esquecer de tudo o que acreditei até aqui, mudar de religião, inventar uma outra vida, uma vida mais plausível, menos caótica, menos necessitada de supérfluos, menos refém do tempo. Nunca fui de muitos medos, e de repente me desconsola ler o jornal, encarar as más notícias, enfrentar um mundo em que a gente já não pensa "isso nunca vai acontecer comigo", porque sabe que vai acontecer, somos os próximos da fila.

    Eu vejo pessoas saltando de bung-jump, atravessando a nado canais enormes só pelo prazer de quebrar um recorde, todos dublês deles mesmos, e penso que isso, sim, jamais vai acontecer comigo, e não vai mesmo, porque não tenho disposição nem preparo físico. Mas hoje ao menos os compreendo e sinto uma certa inveja desse medo escolhido, desse medo provocado: ama a própria vida quem aprende a vencê-lo.

INDEPENDÊNCIA OU MORTE

Tem uma série de coisas que a gente deseja na vida: uma profissão que nos realize, uma intensa vida afetiva, viagens, amigos, descobertas. Mas se eu tivesse que resumir em uma única palavra o que considero a mais importante conquista do ser humano, esta palavra seria independência.

Começou a contagem regressiva para o 7 de Setembro, dia que será tomado por manifestações de repúdio à corrupção, mas que, oficialmente, serve para comemorar a independência do Brasil. No entanto, prefiro comemorar a minha, a sua, a nossa.

Não há quem não sonhe em trabalhar por conta própria, ser patrão de si mesmo. Os que conseguem não trocam por nada. Como conseguir isso? Dominando um ofício, indo além do que os outros aprenderam, fazendo as coisas do seu próprio jeito, arriscando. Parece difícil, e é. E mais difícil ainda é ser independente no amor.

Paixão é outra coisa, não entra nessa conversa. Quando estamos apaixonados, somos todos dependentes de telefonemas, de e-mails, de declarações, de presença constante. Já o amor, que é um estágio posterior, mais sereno e mais seguro que a paixão, permite o desenvolvimento da independência. Você não precisa estar em todos os lugares que o outro está, você não precisa concordar com tudo o que o outro pensa, você não precisa abdicar dos seus projetos. Você se sustenta, você conta, você existe.

Tem gente que abre mão disso por puro comodismo. Prefere ser uma sombra. Defende-se dizendo que não tem outro jeito. Mentira. É uma escolha.

Ir sozinha ao cinema. Viajar. Pagar sua dívidas. Dirigir. Não se afligir (tanto) com a opinião alheia. Saber cozinhar pra si mesmo, entreter-se com hábitos solitários como a leitura, pegar um táxi, resolver os próprios problemas, tomar decisões com confiança. Não há nada que nos dê mais segurança emocional do que não "precisar" dos outros, e sim contar com os outros para aquilo em que eles são insubstituíveis: companhia, sexo, risadas, amizade, conforto.

Se você ainda não atingiu esse estágio, suba num cavalo imaginário e dê seu grito do Ipiranga. Ficar amarrado à vida alheia faz você viver menos a sua. Nada de se fazer de desentendida só para não se incomodar. Incomode-se. Dependência é morte.

O ABAJUR E O MICRO-ONDAS

DVD, computadores, telefones sem fio, controles remotos espalhados por todos os cantos. Nossas casas já possuem a parafernália necessária para nos sentirmos parentes da família Jetson. No entanto, a gente nunca fala das invenções que não precisavam existir. Vou citar apenas uma: o forno de micro--ondas.

É uma prosaica opinião e sei que milhares irão discordar, mas vou adiante. Micro-ondas, pra mim, é uma invenção que não deu certo. Se deu certo, foi pra pouca coisa, se levarmos em consideração o espaço que ocupa na cozinha e a sua incrível eficiência para aniquilar com o gosto da comida. Pra que serve, me diga, um micro-ondas? Para esquentar mamadeira no meio da noite. Para esquentar um pedaço de pão. Tá, tá, não vou me esquecer: pra fazer pipoca. E para acabar com a credibilidade de alguns restaurantes. Outro dia fui jantar num lugar elegante e a comida foi trazida exatos três minutos depois de feito o pedido. O prato estava bonito e, admito, gostoso, mas me senti surrupiada na minha confiança. Quero que cozinhem, não que esquentem. Ou que ao menos disfarcem. Me deem tempo de comer o couvert.

Liquidado o assunto micro-ondas, quero agora prestar uma homenagem para uma das melhores invenções para o conforto do lar: o abajur. Uma casa sem abajur é uma casa sem afeto, sem calor humano, sem atmosfera. Não conheço nada mais essencial que a luz indireta. Tenho pena de quem mora em casas iluminadas apenas com spots no teto ou, horror dos horrores, lâmpadas fluorescentes. Eu sei, eu sei, são mais baratas. A vida não está fácil pra ninguém. Mas reluto em acreditar que alguém possa ser feliz sem uma penumbra, uma meia-luz, uns poucos pontos de destaque, discretos, suaves. Luz não pode gritar.

Lustres, tudo bem, são abajures de teto, funcionam, já que às vezes é preciso enxergar o prato que você está comendo ou o cara com quem você está dançando. Mas o abajur no canto do sofá, na beira da cama... ah, ninguém pode confiscar o valor que eles têm. Nem precisam ser abajures convencionais, uma boa luminária, quieta, dá conta do recado fantasticamente, aquece o ambiente. E dá sabor à vida, ao contrário do micro-ondas.

O PAPEL HIGIÊNICO DA EMPREGADA

Quando a gente é criança, acha que todo mundo é legal, que todo mundo é da paz, e de repente começa a crescer e vai descobrindo que não é bem assim. Eu lembro que, ainda menina, foi um choque descobrir que as pessoas mentiam, enganavam, eram agressivas. Porque aquelas pessoas não eram bandidas: eram colegas de aula, gente conhecida. Eu ficava confusa. Fulana era generosa com os amigos e, ao mesmo tempo, extremamente estúpida com a própria mãe. Beltrana ia à missa todo domingo e nos outros dias remexia na mochila dos colegas para roubar material escolar. Sicrana era sua melhor amiga na terça-feira e na quarta não olhava pra sua cara. Eu chegava em casa, pedia explicações pra família e recebia como resposta: bem-vinda ao mundo.

Eu queria o impossível: olhar para uma pessoa e saber o que poderia esperar dela. Seria uma pessoa do bem? Do mal? Viria a me decepcionar? Todas as pessoas decepcionam, todas cometem erros, mas eu queria encontrar alguma espécie de comportamento que me desse uma pista segura sobre com quem eu estava lidando. Até que certo dia fui na casa de uma colega. De repente, precisei ir ao banheiro. Só havia um no apartamento, e ocupado. Eu estava apertada. Apertadíssima. Minha amiga sugeriu que eu usasse o banheiro da empregada, topei na hora. E lá descobri que o papel higiênico da empregada era diferente do papel usado pelos outros membros da família. Era mais áspero. Parecia uma lixa. Muito mais barato.

Era um costume, e talvez seja até hoje: comprar um tipo de papel higiênico para a família e outro, de pior qualidade, para o banheiro de serviço. Ali estava a pista que eu inocentemente buscava para descobrir a índole das pessoas.

Hoje, adulta, sei que descobrir a índole de alguém é um processo muito mais complexo, mas ainda me surpreendo que algumas pessoas façam certas diferenciações. O relacionamento entre empregados e patrões ainda é uma maneira de se perceber como certos preconceitos seguem bem firmes. Não é por economia que se compra papel higiênico mais barato pra empregada, por mais que seja esse o argumento usado por quem o faz. É para segmentar as castas. É para manter a hierarquia. É pela manutenção do poder.

As pessoas querem tanto acabar com as injustiças sociais e às vezes não conseguem mudar pequenas regras dentro da sua própria casa. Cada um de nós tem um potencial revolucionário, que pode se manifestar através de pequenos gestos. Comprar o mesmo papel higiênico para todos, quem diria, também é uma maneira de lutar por um mundo melhor.

MATURIDADE

Uma amiga me escreve um e-mail dizendo-se arruinada, andou fazendo umas besteiras e agora está curtindo uma deprê gigantesca, daquelas de não ter vontade de sair da cama, de se arrumar, de se depilar: "Vou virar uma mulher peluda, bem horrorosa, pra homem nenhum me querer, assim não me meto mais em fria!". Respondo com um e-mail divertido e, entre uma gracinha e outra, dou a ela uns conselhos, uns toques de quem até parece que já passou por tudo e viu tudo. Ela, melhorzinha, responde, declarando-se chocada: "Você está nojenta de tão madura!".

Outra amiga me escreve dizendo estar danada da vida com um ex-namorado que, depois de seduzi-la por meses até fazê-la reavaliar uma reconciliação, agora deu pra se fazer de gostoso, não atender telefonemas. "Qual é a desse cara? Uma hora quer, outra hora não quer. Vou ficar louca!!!" Sugiro a ela que escolha um motivo mais sensato para ficar louca, ex-namorado que ainda mora com a mãe não compensa o chilique. E rimos. E lembramos da adolescência. E trocamos frases espertas. E ela: "De onde você tirou essa serenidade toda? Não vai me dizer que amadureceu? Putz, é contagioso?".

Por via das dúvidas, melhor não se aproximar, vá que pegue. De uma hora para outra, fiquei assim, lúcida e diabolicamente tranquila. Não que os problemas tenham sumido, mas deixaram de ser coisa de outro mundo. Se antes eu perdia o sono quando a grana encurtava, agora é o seguinte: vai dar. Vai pintar um trabalho extra. Olha que dia lindo lá fora. Dá-se um jeito. E à noite, durmo. Durmo como se estivesse num sarcófago, durmo feito a múmia de Tutankamon.

Quando eu pisava na bola com alguém – amiga, marido, mãe, empregada –, mergulhava em culpa, considerava a relação perdida, até que me ocorreu uma frase milagrosa para solucionar impasses: "Me desculpe". Funciona que é uma maravilha.

Marido, eu citei marido? Ele anda sobrecarregado de trabalho, cansado, precisando dar um tempo em tudo, quem não precisa? Pois um amigo dele que mora na Espanha o convidou para uma viagem de barco pelo Mediterrâneo, uns quinze dias. O que eu acho da ideia? Ora, acho sensacional, quisera eu. Vá! Vai lhe fazer um bem danado. Deixa que eu fico na retaguarda com as crianças, não ando mesmo ansiosa por viajar e estou atarefada demais para sair. Vá você numa boa.

O pior é que não ando mesmo ansiosa por viajar, eu que antes não pensava noutra coisa, não fechava um ano sem pegar as malas e sumir por uns dias. Não ando, aliás, ansiosa por nada. Desde a hora em que acordo até a hora de ir dormir, a lista de providências a tomar é quilométrica, e dou conta de tudo, e se não dou, paciência. Não deu pra ir à academia hoje? Vou quando der. O cabelo está sem corte? Qualquer hora arrumo, o cabeleireiro não vai fugir. Estou com o trabalho atrasado? Sempre dei conta, não vai ser agora que vou estressar. Engordei? Engordei um quilinho. Não deve constar da lista dos pecados mortais. Na alma, que é o que importa, estou esquelética. Leve feito uma pétala.

Fazer o que com tanta maturidade? Chamar um médico, urgente. Isso não é normal.

CARTA AO JOÃO PEDRO

João, você nasceu mais pequeninho do que o esperado, mas em breve vai ser do tamanho do teu pai, meu irmão, e você já reparou como ele é grande? Grande em todos os sentidos, e isso é a maior sorte para quem acaba de chegar ao mundo. Em tempo: hoje é o dia dele. Com duas semanas de vida, você ainda não pode abraçá-lo, mas vai ter muito tempo – e motivo – pra isso.

Bem-vindo, aqui é o teu lugar. É bastante espaçoso, ainda que as pessoas costumem sair pouco do próprio bairro. Tem muita beleza e muita miséria, e é bom já ir se acostumando com as contradições, porque é o que mais há. Tem gente que nos diz não, mas faz isso para nosso bem, e tem gente que só nos diz sim, mas faz isso mais por preguiça do que por amor. Em alguns dias ensolarados, você se sentirá inesperadamente triste, e alguns temporais vão trazer a você muita esperança. Certas pessoas têm uma aparência decente e altiva, mas são ocos por dentro – e podem até ser maus –, enquanto que outros são quietos, discretos, parecem não valer grande coisa e no entanto são os verdadeiros super-heróis, as tais criaturas fascinantes que tanto procuramos pela vida. Como descobrir as diferenças? Não se deixando levar por preconceitos e ideias prontas. Aproveite, João, que nada está pronto, você é que vai escrever sua história, e deste ponto onde você está, a estrada é infinita.

Tomara que você goste de futebol, porque a esta altura você já sabe em que família foi se meter. Uma ala é gremista fanática, e a outra é colorada doente, não queria estar no seu lugar. Mas sempre é possível escapar para o tênis, que também tem tradição na sua árvore genealógica.

Mulheres? Você em breve vai conhecê-las nos parques, na escola, e prepare-se, elas não estão para brincadeira. São decididas e autoritárias, mas não se assuste, também sabem ser engraçadas e sedutoras, você vai ter um trabalho danado, mas não vai se queixar nem um minuto.

Parques, escolas, alimentação, educação... Infelizmente não é assim pra todos, não demora você vai conhecer a palavra que mais envergonha este país: injustiça. Uns podem, outros não podem, e isso gera uma bagunça que é bem mais séria do que um quarto desarrumado. Um país desarrumado faz muita gente sofrer, ninguém encontra nada: onde estão os escrúpulos, a dignidade, estará tudo embaixo da cama? Somem, desaparecem, e então começa um jogo de empurra, "foi ele", "não fui eu", "não sei de nada", e a bagunça só aumenta. Digo que desde já você está metido nessa história e pode ajudar, sim. Como? Guardando bem os seus valores.

Está achando que vai ser chato? Nada, João Pedro. Se você tiver bom humor e uma cabeça aberta, vai curtir música, cinema, livros, viagens, praia, aventuras, internet, sem falar em outros interesses que nem posso prever aqui, já que as coisas evoluem da noite pro dia. Só o que posso adiantar é que vai ser um pouco fácil e um pouco difícil, é assim pra todo mundo. Enquanto você se equilibra de um lado pro outro, nunca se esqueça do mais importante: divirta-se.

lepmeditores
www.lpm.com.br
o site que conta tudo

Impresso na Gráfica Imprensa da Fé
São Paulo, SP, Brasil
2018